光文社文庫

文庫書下ろし／長編時代小説

老中成敗

闇御庭番(十)

早見　俊

光　文　社

この作品は光文社文庫のために書下ろされました。

目次

公儀御庭番は、八代将軍徳川吉宗が創設した将軍直属の情報機関。表向きは城中の清掃、警固などを役目としたが、実態は諸大名の動向や市中探索などの諜報活動をおこなう。菅沼外記は、御庭番の中でも一切表に出ない破壊活動「忍び御用」を役目とする一人であった。

十二代将軍家慶は、十一代家斉と側室お楽の方との間に、家斉の次男として生まれた。寺社奉行、大坂城代、京都所司代、西ノ丸老中を歴任して老中首座に登り詰めた水野忠邦（越前守、浜松藩主）を中心に、家斉の死後、「天保の改革」を断行する。

水野の懐刀として、改革に反する者を取り締まったのは鳥居耀蔵（甲斐守）。儒者林述斎の三男として生まれ、旗本鳥居一学の養子となった。目付をへて南町奉行に就任。厳しい取り締まりのため、「妖怪（耀甲斐）」と恐れられた。

北
鐘ヶ淵
大橋
隅田村
三河島
日暮里
田端
駒込
千住道
小塚原
日本堤
隅田川
寺島村
谷中
金杉上町
新吉原
今戸町
山谷堀
鷲神社
今戸橋
千駄木
白山
下谷
東叡山寛永寺
聖天町
小梅村
奥山
浅草寺
根津権現
東本願寺
浅草花川戸町
御薬園
小石川
本郷
幡随院
広徳寺
阿部川町
中堂
吾妻橋
竹町ノ渡し
伝通院
不忍池
新堀川
田原町
三間町
菊坂町
池之端仲町
下谷広小路
御徒町
並木町
駒形堂
湯島天神
蔵前
水戸徳川家
春日町
森田町
牛込
神田明神
御米蔵
神田川
外神田
小石川御門
水道橋
筋違御門
練塀小路
天王町
百本杭
牛込御門
神楽坂
浅草橋
柳橋
御竹蔵
本所
昌平橋
多町
和泉橋
柳原土手
藤代町
番町
田安御門
組板橋
雉子橋御門
一ツ橋御門
両国広小路
両国橋
回向院
市谷
内神田
馬喰町
相生町
竪川
神田橋御門
今川橋
薬研堀
市谷御門
清水御門
小伝馬町
一ツ目之橋
二ツ目之橋
三ツ目之橋
三河町
大伝馬町
本銀町
日本橋
新大橋
常盤橋御門
北町奉行所
小名木川
室町
万年橋
麹町
江戸城
江戸橋
霊巌寺
深川
半蔵御門
呉服橋御門
日本橋
南茅場町
仙台堀
西之御丸
南町奉行所
組屋敷
八丁堀
永代橋
鍛冶橋御門
京橋
小松町
富岡八幡宮
霊岸島
永代寺
桜田御門
赤坂御門
永田町
数寄屋橋御門
西本願寺
石川島
越中島調練場
山王日枝神社
新橋
築地
佃島
溜池
幸橋御門
汐留橋

江戸幕府と町奉行所の組織（江戸後期）

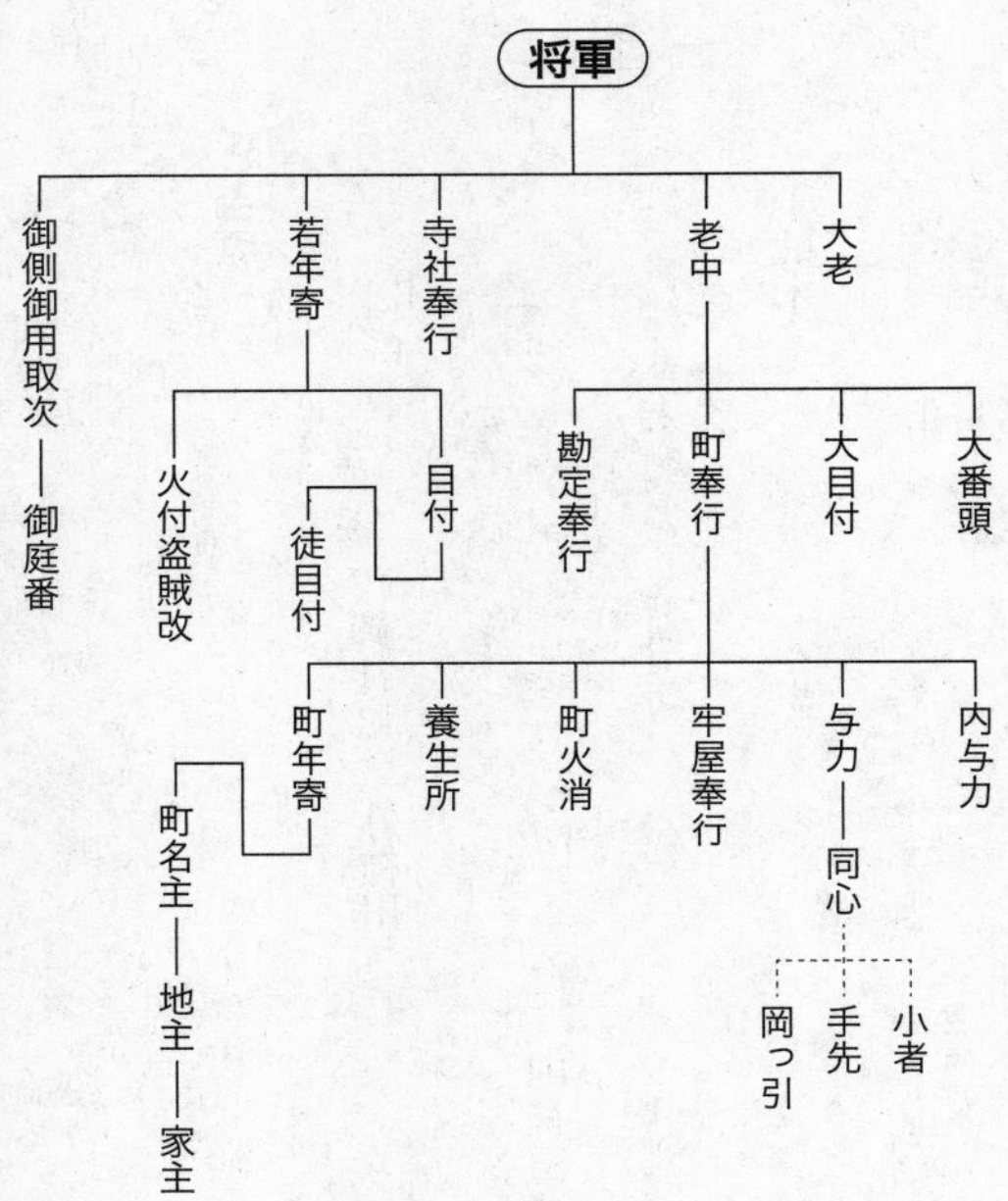

＊本図は江戸後期の幕府と町奉行所のおおまかな組織図。

＊幕府の支配体制は老中（政務担当）と若年寄（幕臣担当）の二系統からなる。最高職である老中は譜代大名三〜五名による月番制で、老中首座がこれを統括した。

＊町奉行は南北二つの奉行所による月番制で、江戸府内の武家・寺社を除く町方の行政・司法・警察をつかさどった。

＊小者、手先、岡っ引は役人には属さず、同心とは私的な従属関係にあった。

主な登場人物

菅沼外記（相州屋重吉）……十二代将軍家慶に仕える「闇御庭番」。
お勢……辰巳芸者と外記の間に生まれた娘。常磐津の師匠。
村山庵斎……俳諧師。外記配下の御庭番にして、信頼される右腕。
真中正助……相州浪人。居合師範代で、お勢の婿候補。
小峰春風……絵師。写実を得意とする。
義助……棒手振りの魚屋。錠前破りの名人。
一八……年齢不詳の幇間。
水野忠邦……老中首座。天保の改革を推進する。
鳥居耀蔵……水野忠邦の懐刀と目される南町奉行。「妖怪」とあだ名される。
美佐江……浅草・観生寺で手習いを教える。蘭学者・山口俊洋の妻。
ホンファ……香港から渡来。旅の唐人一座の花形だった可憐な女性。
神谷宗太郎……沼津水野家の御用方頭取。
辛島銀次郎……駿州浪人。元沼津水野家の兵法指南役をしていた。
大森豊斎……経世家、蘭学者として大名家を渡り歩いている。

第一章　印旛沼狒々

一

菅沼外記は橋場鏡ヶ池の屋敷の縁側に佇むと大きく伸びをした。

天保十四年（一八四三）葉月十日、残暑厳しかったが風には涼が感じられ、青空を覆う鱗雲が秋の訪れを感じさせる。

青空を見上げ、外記は深呼吸を繰り返す。

五十路に入ったが歳を感じさせない壮健ぶりだ。目鼻立ちが整った柔和な顔、総髪に結った髪は白髪が混じっているものの豊かに波打ち肩に垂れている。黒小袖を着流した身体は、五尺（約百五十二センチ）そこそこながらがっしりとしていて武芸に心得のある者の目には一廉の兵法者と映るだろう。

橋場鏡ヶ池を見下ろす小高い丘の上にある自宅は、二百坪ほどの敷地に生垣が巡り、庭に大きな杉の木が二本植えられている。元は商人の寮であったこの家は、藁葺き屋根の百姓家の佇まいを見せていた。

朝の日差しが差し込み、縁側をやわらかに温めている。庭では猫と見間違うほどの小さな黒犬が腹を見せ、仰向けに寝そべって日光を全身で受け止めている。外記の飼い犬ばつである。

ばつは外記の姿を見ると縁側に走り寄り、わんと一声放った。いつもの明るい声ではなく、何処か淀んだものを感ずる。

「ばつ、何か悪い予感がするか」

外記はばつを抱き上げた。

娘のお勢も心配そうにばつの頭を撫でる。

「父上、何か悪い餌を与えたんじゃないでしょうね」

お勢は外記を責めるような目で見た。

奢侈禁止令の取り締まりが激化しているとあって、弁慶縞の小袖に黒地の帯、島田髷に結った髪も朱の玉簪を挿すのみという地味な形だ。それでも、常磐津の師匠を生業とし、辰巳芸者であった母の血がそうさせるのか、きびきびとした所作の中に匂い立つような色気を放っている。はっきりと整い過ぎた目鼻立ちが勝気な性格を窺わせもしている。

「お勢、人聞きのわるいことを申すな。わたしはな、自分以上にばつの飯には気を遣っておるのだ。今朝も大福をやった……しかも、わたしは一つで我慢をし、ばつには二つやったのだぞ」

むきになって言い返すと、

「それがいけないのよ。こんな小さな身体に大福二つが入るわけないでしょう」

お勢は外記からばつを奪い取りお腹をさすった。

「そんなことはない。ぺろっと二つ食べおった」

「父上に忠義を立てたのよ」

ぴしゃりとお勢が言うと外記は口を閉ざした。娘にやり込められた父親ながら、菅沼外記は凄腕の公儀御庭番であった。

そう、二年前までは……。

公儀御庭番は徳川八代将軍吉宗によって創設された将軍直属の諜報機関である。吉宗が将軍となるにあたり、紀州藩から連れてきた二百名にあまる家臣団の内、「薬込役」と呼ばれた十六名に馬の口取り役一名を加えた十七名が御庭番の祖となった。

薬込役とは、元来紀州藩主の鉄砲に弾薬を詰める役であったが、藩主が外出する際にその身辺を警固するようになった。これが発展し、吉宗の代には、諸国を探索する役目を担うまでになっていた。

この十七名を祖とする十七家が、代々世襲で御庭番を継承した。外記の頃には、十七家から分家した別家九家も御庭番家筋に編入されていた。

御庭番の役目は、江戸城天守台近くの庭の番所に詰め、火の見廻りや不審な人間の出入りに目を光らせることにある。ところが、それは名目上の役目で、実態は将軍のための諜報活動を行う。

諜報活動は、江戸向地廻り御用と呼ばれる江戸市中を探索するものと、遠国御用といって諸大名の国許を探索するものがあった。

御用は将軍の側近である御側御用取次から、もしくは将軍自ら命ぜられる。命ぜられると、大抵は行商人に扮装し、江戸市中や対象となる大名の所領に赴き、治世の実態を探索し、復命書にして報告した。

以上は、御庭番家筋二十六家に属する正規の御庭番が担う役目である。しかし、いつの世にも表に出ない役目というものがある。御庭番の役目も例外ではない。

忍び御用。

江戸幕府の記録に一切残らない役目を担う者たちがいた。

必要に応じて、暗殺、攪乱といった探索を飛び越えた破壊活動を行うのだ。こうした忍び御用には、御庭番家筋とは別の者達に指令が出された。

彼らは吉宗が保護していた甲賀忍者の末裔である。代々の家筋には秘伝の術があり、彼らはその術によって忍び御用を成し遂げていく。

菅沼外記は、忍び御用を役目とする公儀御庭番だった。

だった、というのは一昨年の四月、外記は表向き死んだのだ。外記は将軍徳川家慶の命を受け、元公儀御小納戸頭取中野石翁失脚の工作を行った。

石翁は、養女お美代の方を大奥へ送り、先代将軍家斉の側室とした。お美代の方は数多いる側室の中でも最高の寵愛を受けた。石翁は家斉のお美代の方への寵愛を背景に、巨大な権勢を誇示した。大奥出入りの御用達商人の選定はもとより、幕閣の人事にまで影響力を持った。

傾いた幕府財政を建て直すべく改革を行おうとする家慶と老中首座水野越前守忠邦にとって、既得権益の上に胡坐をかく石翁は大きな障害だった。そこで、外記に石翁失脚の忍び御用が下されたのだ。

外記の働きにより、石翁は失脚した。すると、水野は口封じとばかりに外記暗殺を謀ったのである。外記は間一髪逃れた。外記は表向き死んだことになり、家慶によって、自分だけの命を遂行する御庭番、つまり、「闇御庭番」に任じられた。

改革は必要であるが、行き過ぎは庶民を苦しめるばかりである。水野やその懐刀である鳥居耀蔵の行き過ぎた政策にお灸を据える役割も外記は遂行することになったのである。

お勢に抱かれ、赤子のようにあやされたせいか、ばつは元気な鳴き声を放った。お勢はばつを庭で遊ばせた。

そこへ、外記配下の闇御庭番、一八と義助がやって来た。二人は読売を手に興奮している。

「ひえ～。こりゃ、すごいでげすよ」

一八は身振り手振りを交えて大きな声を上げた。派手な小紋の小袖に色違いの羽織、一見して幇間といった形をした年齢不詳の男だ。見た目通り、幇間を生業にしている。

「本当ですかね」

義助はカレイとカンパチを届けに来たように、棒手振りの魚売りを生業にしている。紺の腹掛けに半纏、股引という格好だ。

お勢は二人を見比べて、

「馬鹿々々しい」

と、一笑に付した。

今、江戸の町人たちの話題をさらっているのは、「印旛沼狒々」という怪獣である。大々的に行われている印旛沼掘割開削の普請現場で怪異が生じた。

ある夜、貯水池から身の丈十六尺（約四・八メートル）の巨大な怪獣が出現した。猿に似た顔だが、一尺もある牙を生やす、いかにも獰猛な獣だったという。

巡回していた幕府の役人たちが怪獣に遭遇した。印旛沼の普請現場は、勘定奉行配下の勘定所の役人、また目付、徒目付、小人目付、南町奉行所から派遣された与力、同心などが巡回をしている。

彼らの内、十三人が印旛沼狒々と遭遇した。

驚きのあまり、十三人は我先に逃亡したのだが、闇夜をめったやたらと走ったために貯水池に落下してしまう。

溺れまいと必死で手足を動かす彼らを嘲笑うように雷が落ちた。一瞬にして役人たちは雷に打たれて死亡した。

印旛沼狒々という怪獣の存在もさることながら、十三人もの役人が落雷で死亡したのも信じ難い出来事である。

「十三人ものお役人が死んでいるんですよ」

お勢に抗うように義助が言い立てた。

「だからさ、それにしたって読売が書いているだけさ。嘘八百に決まっているわよ」

お勢は取り合わない。

印旛沼狒々についてはいくつかの読売屋が書き立てているが、特別熱心なのは日本橋本石町にある正直屋であった。いかがわしそうな屋号の上、主人は善太郎を名乗っている。一番初めに印旛沼狒々を取り上げたのも正直屋で、怪獣を「印旛沼狒々」と名付けたのも正直屋であった。また、十三人もの幕府役人が死んだことを伝えたのも正直屋である。善太郎は幕府や手伝い普請を実施している五つの大名家に伝手を持っているのかもしれない。

「火のない所には煙も立たず、でげすよ」

一八が異を唱えると、

「そうそう」

義助も賛同した。

二人に反対されて、

「火のない所に煙を立てて、大火事にするのが読売じゃないのさ」

むきになってお勢は持論を曲げない。というか、臍まで曲げてしまった。

お勢を説得できないとわかり、

「そりゃま、そうですがね」

宥めるように義助はうなずいた。

自分の考えが通ったことでお勢は機嫌を直して言った。

「とにかく、印旛沼の普請っていうのは、鬼門なんだよ」

お勢が言ったように、印旛沼普請は過去二回実施されている。

行ったのは八代将軍徳川吉宗と老中田沼意次であるが、いずれも難工事とあって中止され、成就しなかった。

今回、三度目の正直とばかりに、鳥居耀蔵が中心となって行われているのだ。

しかし、過去の実績が示すように、今回もうまくいっていないという噂が流れてくる。

そんな最中の怪獣騒ぎであった。

印旛沼狒々の出現は普請の行く手に暗雲が垂れ込めていることを物語っているのか。鳥居が普請の難航を印旛沼狒々のせいにして責任逃れをしようとしている、と訳知り顔で言い立てる者もいる。

すると、一八が話を蒸し返した。

「でも、お役人が死んだっていうのは本当でげしょう。十三人かどうかはわかりませんがね、何人も亡くなったっていうのは本当でげしょう」

「殺しとか雷に打たれたのかはともかく、大変なことが起きたのは確かなんじゃないかい」

お勢の顔色を横目に見ながら義助は返した。

お勢は、

「大変なことって何よ。本当に怪獣が出たなんて言わないでよ」

今度は不機嫌にはならず楽しんでいるかのように微笑(ほほえ)んだ。

一八は言い返そうとしたが義助が制して言った。

「あ、そうそう。講(こう)が作られたそうですよ」

印旛沼狒々を見物に行くという講が作られたそうだ。

「まさか、あんたたち、講に入って印旛沼くんだりまで見物に行くんじゃないでしょうね」

責めるような口調でお勢が問いかけると、

「行くわけないでしょう」

即座に義助は否定したが、

「やつがれは行ってきましょうかね。お座敷のネタになるでげすよ」

一八は扇子を開いたり閉じたりした。

「好きだねえ」

お勢は呆れたように鼻で笑った。

二

お勢たちが帰ってから、

「くず～い」

という声が聞こえ、木戸に男が立った。粗末な木綿の小袖を尻はしょりにし、背中には竹で編んだ籠、醬油を煮染めたような手拭で頰被りをしている。

一見して紙屑屋であるが、実はこの男、村垣与三郎、公儀御庭番である。御庭番家筋の正統な血筋を継ぐ者だ。祖父は勘定奉行を務めたほどに優れた男で、村垣自身、周囲から大きな期待を寄せられている。

また、将軍徳川家慶も村垣の誠実な人柄を愛し、闇御庭番となった外記との繫ぎ役にした。繫ぎ役にしたのは、単に連絡業務を行わせるに留まらず、外記から探索術を学べという意図もあってのことだ。

そんな村垣は対照的に身形の整った武士を連れている。

村垣は手拭を取ってお辞儀をすると、武士を案内して入って来た。外記は縁側に立って迎えた。

「沼津藩水野家家中の神谷宗太郎どのです」

村垣の紹介に続き、

「沼津水野家、御用方頭取、神谷宗太郎でござる」

神谷は一礼した。

外記も挨拶を返し、居間へと導いた。

村垣は同席を遠慮し、神谷の頼みを聞いてくれるよう頼んでから立ち去った。

居間で対面してみると、神谷は四十前後の実直そうな人物である。羽織袴、真っ白な足袋がよく似合っていた。

「闇御庭番……凄腕の闇御庭番、菅沼外記どのを見込み、是非ともお引き受け頂きたい一件がござる」

依頼の重要さのせいか神谷の口調は硬い。

神谷が外記をわざわざ凄腕の闇御庭番と言い直したように、よほど外記を頼りにしているのだろう。

外記は目礼して話の続きを促した。

「御老中水野越前守さまにおかれては、当家に対して無用の嫌がらせをしてこられるのでござる」

いかにも格式ばったような口調で神谷は言ったが、語調にも表情にも怒りを滲ませていた。

「何故、水野さまは沼津藩を敵視なさるのですか」

あくまで落ち着いて外記は問いかけた。

「越前守さまは我が殿の祖父、忠成公を恨んでおられるのです」

眉根を寄せ神谷は答えた。

忠成とは沼津藩主で十一代将軍家斉の側用人兼老中首座を務めた水野出羽守忠成である。忠成は大がかりな貨幣改鋳を実施し、幕府財政を豊かにして家斉の豪奢な暮らしを支えた。銭金は天下の通用、大奥御用達の商人たちは大いに儲け、儲けた金は下々にも回る。

その結果として江戸は好景気となった。しかし、好況の反動として物価が上昇し、賄賂が横行、贅沢華美な風潮となり、風紀が乱れた。

質素倹約を旨とする水野忠邦はそうした忠成の政を堕落したものとして、良しとしなかった。ところが、老中になるために心ならずも世を乱す元凶の忠成に賄賂や付け届けを行った。その時の屈辱を晴らさんとして、沼津藩に対して厳しい態度で臨んでいる。

三河の新田開発に加え印旛沼の普請も幕府の手伝い普請として行わせているのだ。

「当家の台所は火の車でござる」

苦悩に満ちた顔で神谷は訴えた。

「しかし、公儀の手伝い普請となりますと、わたしの力が及ぶものではござりませぬ」

いささか困惑気味に、外記は返した。

「あ、いや、これは言葉不足ですみませぬ」

と断ってから、

「外記どのには、印旛沼狒々の正体を暴き立てて頂きたいのです」

意外な頼みごとを神谷は口に出した。

一瞬、冗談かと吹き出しそうになった。

しかし、神谷の大真面目な顔を見ると、笑うなどもっての外だ。

「今、巷を騒がしておる印旛沼の怪獣、物の怪、妖怪ですな」

外記が確かめると、「そうです」と神谷は答えた。一体、どういうつもりなのだろう。

怪獣退治などやったことはない。第一、読売が書き立てているだけで、印旛沼狒々などという怪獣などこの世にいるはずはない。

外記の心中を察したように、

「読売が好き勝手に書き立てておりますので、騒ぎは外記どのもご存じと思います。所詮（しょせん）は絵空事（えそらごと）と思っておられましょうな」

神谷の言葉に外記はうなずく。

「落雷で役人十三人が命を落としたと読売は書いております。落雷を呼んだのは印旛沼狒々だとも記しておりますな。読売ならではの出鱈目（でたらめ）でありましょうが、役人が命を落としたのは紛（まぎ）れもない事実でござる。そして、あろうことか、彼らの死には印旛沼狒々ではなく、当家が関わっておる……つまり、当家が十三人を殺した、という疑いを公儀よりかけられておるのです」

「水野越前守さまがお疑いなのですか」

外記は目を凝（こ）らした。

「越前守さまばかりか鳥居どのもです。いや、むしろ鳥居どのですな」

苦々しそうに神谷は言った。

続いて、印旛沼普請の詳細（しょうさい）を説明し始めた。

今回の印旛沼普請は過去二回と大きく異なる点がある。

まず、普請の目的だ。

過去二回の普請は新田開発に重きを置いたものであった。今回は新田の開発は副産物としている。普請の狙いは利根川から江戸湾まで掘割を開削することで荷船の流通をよくすることであった。また、水野は海防という点も重視している。

外国船が浦賀を占拠して江戸湾が封鎖される場合を水野は想定した。印旛沼の掘割開削が完成すれば、江戸湾を経ずして利根川からの荷を江戸で受け取ることができるのだ。

また、掘割が完成すれば、嵐の際に氾濫した利根川の水が印旛沼に流入し、周辺の村落に洪水を起こすこともなくなる。洪水がなくなれば、土地は耕作が可能となり、新田も開発されるのだ。

更に過去二回と大きく違うのは幕府が大名に手伝い普請をさせていることだ。過去二回は印旛沼周辺の庄屋たちが幕府に願い出て幕府の助成で実施したのであった。

その上、大名の手伝い普請についても、水野は慣例を破った。

宝暦四年（一七五四）に実施された木曽三川分流治水の手伝い普請を薩摩藩が命じられたのを最後に、大名が実際に普請を行うことはなくなっていたのだ。

木曽三川分流治水普請はあまりにも過酷な難工事であった。木曽川、揖斐川、長良川の合流地点での水害復旧を行い三つの川を分流させる普請であった。

薩摩藩は八十人を超える犠牲者と四十万両もの出費を強いられた。薩摩藩の財政は大きく傾く。普請の責任者であった家老の平田靭負は普請完了後に責任を負って自刃した。

この悲惨な手伝い普請以降、幕府は手伝い普請を大名に命じても実際の普請は幕府が行い、要した費用を大名に請求して出費させるようになったのだ。

その慣例を破り、水野は五つの大名家に実際に普請をさせている。印旛沼から江戸湾に至るまでを五つに区切り、各々の持場を五人の大名に割り振った。最も印旛沼に近い持場が沼津藩である。もっとも近く、尚且つ長い距離を沼津藩は持場として割り振られた。

水野の意地悪さである。

もちろん、手伝い普請といっても大名任せにはせず、幕府は役人を派遣して普請の様子を巡検している。勘定奉行及び勘定所の役人、目付、徒目付、小人目付などが各々の持場に遣わされた。普請の責任者の一人、鳥居耀蔵は南町奉行と勘定奉行を兼ねているが、南町奉行所から与力、同心を派遣していた。町奉行所の役人は普請の状況を確認するのではなく、役目柄、普請場の治安を担っていた。

それだけに、鳥居は幕府役人が殺された一件の下手人探索に躍起になっているそうだ。

「鳥居どのは何を根拠に沼津水野家家中をお疑いなのですか」

外記は問いかけた。

「当家が印旛沼掘割開削普請から手を引きたがっていること、越前守さまに対する遺恨を当家が抱いておるということ、加えて、十三人が殺された現場が当家の持場であったことです」

神谷は苦々しい顔で答えた。

いずれも状況証拠にしか過ぎない。いや、証拠などとは呼べず、

「言いがかりですな」

と、外記は評した。

「いかにも、言いがかりもいいところでござる」

わが意を得たりとばかり、神谷は大きくうなずいて憤慨を示した。

次いで、

「鳥居は印旛沼普請の献策者であり、責任者ですが、普請がうまくいっていない責任を取るのを避けるために、当家が十三人を殺した、として弾劾しようという思惑があるのは間違いござらぬ」

神谷は断じた。

「鳥居さまの考えそうなことですな」

外記も賛同した。

「外記どの、このままでは鳥居に言いがかりをつけられ、ありもしない罪を背負わされてしまう。さすれば、当家はお取り潰しにはならなくとも、転封の憂き目に遭うかもしれませぬ。印旛沼狒々などというものは絵空事だと暴き立ててくだされ」

表情を強張らせ神谷は頼んだ。

「承知しました、探ってみます」

外記は引き受けた。

安堵したようで神谷は表情を柔らかにし、

「拙者、役人が殺された一件を調べました。すると、死んだのは十三人ではなく三人とわかりました」

「十三人とは読売が大袈裟に書き立てておるのですな」

外記が返すと神谷はうなずき、

「それと、公儀の役人は落雷を受けて死んだ、と読売は記しております。雨が降っていないのに雷に打たれたとは、印旛沼狒々の仕業に違いない、とも書き立てました。しかし、当家の普請所に確かめたところ、役人が命を落とした夜は強い雨が降り雷も鳴っていたそうです。もっとも、雨は印旛沼の周辺の限られた地域であったとのこと。江戸には降らなかったので、それをいいことに読売は雨が降らないのに雷が落ちた、と騒いだのです」

と、言い添えた。

「なるほど、いかにも読売らしいですな……また、印旛沼狒々騒動の裏には何かありそうな気がします。承知しました。印旛沼狒々の正体を暴いてやりましょう」

改めて外記は言った。

くどいくらいに礼を言うと、神谷は金五十両と印旛沼の普請絵図を置いて帰った。

三

その頃、外記配下の闇御庭番真中正助はお勢の家を訪ねようとしていた。根津権現の近くに武家屋敷が軒を連ねる一角である。外記は御庭番であった頃、表向き御家人青山重蔵を名乗っていた。外記が闇御庭番となり鏡ヶ池に移ってからはお勢が一人住まいをしている。

お勢は辰巳芸者をしていた母、お志摩の血を引いてか三味線と小唄が得意であった。外記の生前から屋敷内に常磐津の稽古所を構え門人を取っていたが、奢侈禁止令により稽古所は閉鎖している。

武家地に足を踏み入れようとしたところで、

「失礼ながら……」

と、声をかけられた。

真中正助は相州浪人である。歳の頃三十歳、目元涼やかな中々の男前である。関口流宮田喜重郎道場で師範代を務めている。関口流は居合いの流派だが、血を見ることが苦手とあって得意技は峰打ちという少々変わった男だ。また、実直を絵に描いたような人柄だが、反面融通の利かないところもある。

真中は止まり、声の方に視線を向ける。

長身の侍が立っている。

会ったことがあるようだが思い出せない。曖昧な記憶を恥じ入るように口ごもった。それでも、相手の顔を見ている内に記憶が蘇った。

辛島銀次郎、駿州浪人である。一年ほど前に、真中が師範代を務める関口道場に道場破りにやって来た。真中が相手となり、立ち会いをしたが決着がつかなかった。正確で力強い太刀筋が印象に残っている。

六尺（約百八十二センチ）近い長身を生かした大上段から仕掛ける技に真中も手強さを感じたものだ。

「辛島どのですな」

語りかけると、

「ここで会ったが百年目だ。ちとばかり、付き合ってはくれぬか」

快活に辛島は返した。

以前よりも随分と羽振りが良さそうだ。月代は伸びているが髭は剃っており、小袖もこざっぱりとし、袴の襞もくっきりと目立っていた。ひょっとして仕官が叶ったのかもしれない。

いささか興味を抱いた。

「承知しました」

返事をしたところで、

「こっちだ」

辛島は歩き出した。

長身で肩幅が広い辛島を恐れ、道行く者は自ずと端に寄る。辛島は路地を入ってすぐ右手にある小料理屋に入った。

「主人は無愛想だが、肴は美味い」

小声で辛島は言うと、暖簾を潜った。土間に縁台が置かれただけの殺風景な店であった。

なるほど、主人らしき初老の男は、「いらっしゃい」の一言もない。何人かいる客は黙々と酒を飲み、箸を使っている。

「いつもの」

辛島は主人に声をかける。主人は返事をすることもなく酒と肴の支度にかかった。真中は辛島について、縁台に横並びに座した。程なくして五合徳利と湯呑が二つ、小鉢も二つ運ばれて来た。

茄子の煮物である。

最初だけだと、辛島の酌を受け、真中は湯呑に酒を受けた。茄子は甘辛く煮込まれ、そこに山椒がいい具合に利いている。合わせて縮緬じゃこが入っていた。

なるほど、料理の腕は確かなようだ。

昼間から酒を飲むのは抵抗がある。形ばかり口をつけただけで真中は飲まないことにした。

「真中氏以上の腕を持った侍には会ったことがないな」

辛島は道場破りの際の立ち会いを振り返った。自分の太刀筋を悉く見切られた、と辛島は真中を褒め称えた。

「いやいや」

照れ隠しに真中は湯呑の酒を飲んだ。今度はつい多めに口に含んでしまった。料理も美味いが酒もいける。値段からして上方からの下り酒ではないようだが、安かろうまずかろうの関東地廻りの酒にしては格別だ。主人は料理ばかりか酒の目利きも確かなようだ。根津権現近くにこんな名店があったとは意外だ。これまで気がつかなかったのが悔やまれる。

すると、

「真中氏、腕を貸してくれぬか」

唐突に辛島は言った。

「どういうことでござる」

真中は湯呑を縁台に置いた。

「印旛沼での印旛沼狒々騒ぎを耳にしておろう」

大真面目に辛島は語る。

「読売で読んだくらいですが……」

辛島の真意が読めず、真中は戸惑いを示した。

「おれはな、印旛沼狒々を退治してやろうと思っておるのだ」

辛島はにたりと笑った。

「はあ……」

どう反応すればいいのか真中は答えに窮した。まさか、辛島は印旛沼狒々などという怪獣がこの世に実在すると信じているのだろうか。

「貴殿、わしの頭がおかしくなったのか、と思っておろう」

笑顔を引っ込め、辛島は真中の目を見据えた。

心中を見透かされ、

「いや、そんなことはござらぬが」

慌てて真中は取り繕った。

「賞金がかかっておるのだ」

辛島は懐中から紙を取り出した。そこには、印旛沼狒々を生け捕りにしたら百両、殺したら五十両の賞金が書かれてあった。

賞金を出すのは読売屋の主人正直屋善太郎であった。名前からしていかにもいかがわしい男である。正直屋は印旛沼狒々を書き立て、草双紙、錦絵などにもして儲けている。印旛沼狒々の賞金首も話題を煽っての金儲けの一環であろう。

「ほう……」

真中はどんな返事をすればよいのかわからず、またしても言葉を曖昧にした。

「乗り気ではない様子だな」

辛島は問いを重ねた。

「乗り気でないと申すか、あまりに荒唐無稽ですな。いかにも読売が書き立てそうなこと。江戸は奢侈禁止令、春画の摘発、政への風刺の厳禁、印旛沼狒々は民の鬱憤のいい捌け口になっているのではないでしょうかな」

「おれだってな、怪獣だの物の怪なんぞ、信じているわけじゃないよ。だから、印旛沼狒々もまやかしだって思っている。おれが興味を抱いたのは役人十三人が殺されたって事実だ。もちろん、十三人という人数については疑いの余地もあるが、印旛沼に関わる役人が殺されたのは事実だ。そこにきな臭いものを感じる。きな臭い、すなわち金儲け、あるいは政の闇を感じるのだ。どうだ、面白くはないか」

誘いながら辛島はにんまりと笑った。

「なるほど、怪獣騒ぎには裏がありそうだとは思う。しかし、それでも、退治に行く気にはなりませぬな」

真中はやんわりと断った。

「そうか」

残念そうに辛島は首を左右に振った。

冗談や物見遊山ではなさそうな辛島の様子が気になり、真中は問いかけた。

「貴殿、印旛沼狒々退治と申されたが、肝心の印旛沼狒々が見つからなければ生け捕りも、殺すこともできない。それを承知で行くのですかな」

「印旛沼狒々の素性を明らかにしたいのだ」

表情を引き締め、辛島は答えた。

話は不穏なものになった。

「どういうことだ……」

「おれが睨むに、役人殺しは印旛沼普請に反対する勢力の仕業だと思う。複数の役人を殺すとなると、それなりの覚悟が必要だ。いや、覚悟というより、印旛沼普請への強い反対と公儀の政に対する抗議なのかもしれないではないか」

辛島は賛同を求めた。

「貴殿、一体……」

何者かと問いたいが遠慮した。

「おれのことを勘繰っているな。いいだろう。素性を告げるよ。おれはな、沼津水野家の家臣だった。御家の兵法指南役であったのだがな、生来の武骨者、それが祟って、藩主出羽守忠武さまの、いや、重役方の不興を買って御家を去った。それでもな……禄を食んだ御家の苦境を見過ごしにはできぬ」

辛島は言葉を止めた。

「沼津水野家は印旛沼の手伝い普請を担っておられますな」

真中が確認すると、

「いかにも。しかも、印旛沼狒々が現れ、役人を襲ったのは沼津水野家が持場の普請区域なのだ」

辛島は沼津水野家を何者かが罠に陥れようとしている危機感を抱いているようだ。

「首になった御家とはいえ、やはり、気にかかる」

辛島は言った。

「なるほど、そういうことですか」

何となく理解できるような気がした。勘繰れば、功を上げてあわよくば帰参することを狙っているのではないか。

「貴殿を誘ったのは貴殿も浪々の身にありながら、武芸の鍛錬を怠らない姿勢に感心してのこと」

辛島は言った。

そのことには、真中は返事をせずにいた。

すると、

「おや、いらっしゃいましたか」

と、町人風の男が入って来た。

縞柄の着物の裾をはしょり、手拭を吉原被りにしている。腰には矢立と帳面をぶら下げていた。辛島が、読売屋の正直屋善太郎だと紹介した。

「名前からしてうさん臭い男であろう」

辛島は笑った。

「こりゃ、ご挨拶ですね。あたしはですよ、正直、正確、正道を信条としているんですよ」

善太郎はぴしゃりと自分の頭を引っぱたいた。

「この図々しさと言ったらないであろう。ま、それくらいでないと務まらぬがな」

辛島に指摘され、

「ま、そういうことですよ」

言い訳をするどころか善太郎は誇らしそうだ。読売屋の矜持ということか。

善太郎は読売を取り出し、真中に見せた。印旛沼狒々についての記事が掲載されている。

単に面白おかしく記してあるだけでなく、善太郎は独自の見立てを展開していた。

印旛沼狒々騒動の裏には大きな陰謀がある、としている。深い闇を正直屋は白日の下に晒す覚悟だと語り、庶民の興味を掻き立てていた。

「これはね、読売屋としての勘ですがね、絶対にうさん臭いものを感じますですね。闇が広がっているんですよ。あたしはですよ、たとえ身が危うくなろうが、真実を追い求めますよ」

胸を張り善太郎は言った。

何のてらいもなく語るところは善太郎の読売屋魂を示しているのか、根っからの詐欺師であろうか。

「言っておるおまえがうさん臭いではないか」

辛島がくさすと、

「旦那、きついですよ」

むくれたように善太郎は口を尖らせたが、すぐに破顔した。

「では、あたしはですよ、繰り返しますが、真実を暴き立てたいんですよ」

今度は真顔となって善太郎は言った。

真中はちらっと、辛島を見た。二人の関係を知りたいと思ったのだ。

すると、善太郎はそれを察し、

「あたしはですよ、辛島の旦那の生一本さに惚れたんですよ」

と、辛島を見返した。

「白々しいことを申しおって……」

辛島は一笑に付した。

半年ほど前、善太郎はある博徒の親分に関する記事を書いた。親分が金主である大店の商人の女房と不義密通していた、と面白おかしく書き立てた。

親分は激怒して子分に正直屋を襲わせた。偶々店を覗いていた辛島銀次郎が、子分たちを追い払った。しかも、善太郎と親分の手打ちの仲立ちをしてくれたのだそうだ。

読売屋というのは敵を抱える。善太郎は辛島の腕っぷしと交渉能力を見込んで用心棒兼軍師として迎えたのだった。

一年前、辛島が道場破りをした際とは見違えるような身形となった訳がよくわかった。

改めて辛島は真中に言った。

「共に印旛沼狒々を退治しようではないか。そなたの名声は大いに高まり、仕官の道が開けるかもしれぬぞ」

「わたしは仕官を望んでおりませぬ」

真中はきっぱりと言った。

「確かに宮仕えは嫌なことが多い。勝手気儘な浪人暮らしを知ると、堅苦しい奉公暮らしは避けたいものだ。貴殿は暮らしには困っておらぬようだから、尚更であるな」

辛島は理解を示してから、

「仕官の話は置いておくとして、印旛沼狒々退治をせぬか。腕に覚えがある真中氏でも、怪獣を相手に真剣を振るったことはなかろう。剣客としてよき経験となるぞ」

と、執拗に誘いかけた。

「水を差すわけではござらぬが、印旛沼狒々などという怪獣、まことに実在すると信じておられるのか」

真中が問いかけると、辛島は善太郎を見た。善太郎が辛島に代わって答えた。

「あたしは印旛沼狒々の棲み処を知っているんですよ」

「冗談であろう」

笑いそうになったが、善太郎はあくまで真顔で、

「これ以上は申せませんがね、印旛沼狒々退治と同時に印旛沼狒々騒動の闇を暴き立てたいんですよ。辛島の旦那と一緒に印旛沼まで参りましょう」

目を見開き、頼み込んだ。

真中が口を閉ざしていると、

「今すぐ返事をしろとは申さぬ。二、三日、考えて欲しい。その気になったら、日本橋本

石町の正直屋を覗いてくれ」

吉報を待つ、と辛島は告げて去っていった。善太郎が勘定をすませた。真中は自分の飲食代を善太郎に押し付け、店を出た。

四

老中水野越前守忠邦は江戸城西の丸下にある上屋敷で南町奉行鳥居甲斐守耀蔵の訪問を受けていた。いや、水野が鳥居を呼びつけたのである。鳥居はうつむき加減、水野と視線を合わせようとしない。

印旛沼普請が遅々として進んでいないことが原因である。

「言い訳を申してみよ」

水野は問い質した。

印旛沼普請が進まないことを水野は責めている。そのことは鳥居にもよくわかっているため、必死で言葉を選んでいる。

「何しろ、印旛沼ははなはだ難地でござりますゆえ……実際、過去には八代さま、田沼さまも挑まれましたがいずれも、うまくいかず……」

額に汗を滲ませながら鳥居は答えた。

「ほほう、土地のせいにするか。それなら、何故、印旛沼普請を進言したのだ。そなたの口ぶりだと、最初から普請はうまくいかないことは明白だったではないか」

水野に指摘され、鳥居はぐうの音も出ない。

「申し訳ございませぬ。見立てが甘うございました」

鳥居は平伏した。

「これでは、公儀の台所は潤うどころか大きく傾く」

水野は言った。

これには鳥居が顔を上げ、

「お言葉ですが、印旛沼普請は手伝い普請を行っております。普請費用は大名家が負担しておりますので、公儀の腹は痛まないものと存じます」

と、遠慮がちの物言いながら異を唱えた。

「いかにもその通りであるが、それにしても手伝い普請を命じられた五つの大名家は印旛沼普請に多大な出費を強いられておる。それゆえ、公儀に借財を申し込む有様じゃ。結局は公儀が普請費用を出しておるようなものではないか」

水野は不満を漏らした。

「それは……」

言い返せずに鳥居は言い淀んだ。

「加えて、馬鹿げた騒ぎが起きたのう」

水野は印旛沼狒々を話題に持ち出した。

「読売などの口さがない者どもが勝手にでっち上げたものと存じます」

鳥居は言った。

「怪獣というのはいい加減であろう。しかしな、役人十三人が殺されたのは事実ではないか……いや、事実は三人であったな。十三人とはいかにも読売らしい不埒さじゃ」

水野は渋面を深めた。

「目下、下手人を探索しております」

恐る恐る、鳥居が返したのは探索が上手くいっていないことを物語っている。

「探索は当たり前じゃ。その探索も遅々として進んでおらぬのか」

水野は嘲笑した。

「はあ……」

鳥居は再びうつむいた。

「見当はついておるのか」

水野は問いを重ねた。

「おそらくは、水野出羽守さま配下の者の仕業ではないかと」

鳥居は答えた。

目を凝らし水野は問い直した。

「しかと相違ないか」

「それを確かめておりますが……」

鳥居の言葉尻は曖昧に濁った。

「何故、沼津水野家は印旛沼彿々などという訳のわからぬ怪獣を騙って役人を殺した、と考える」

「印旛沼普請の中止を狙ったものだと思います」

「確かに沼津水野家の台所事情は悪いであろうな。三河の新田開発に加えて印旛沼の手伝い普請であるからのう」

他人事のような口ぶりだが、水野自身が沼津藩の台所を傾けさせたのである。

「確証を摑みたいと存じます」

水野の攻撃の矛先が変わり、鳥居はほっとしたように言った。

「物の怪だの怪獣だの、まこと世迷言がまかり通るようでは普請はままならぬ。印旛沼普請……さて、どうするかのう」

水野は普請の失敗を見越している。

「手仕舞いを考えねばならぬぞ」

水野は言った。

「はい」

鳥居の声は萎んだ。

悩ましそうに眉間に皺を寄せ、

「上知令も進まぬ」

水野は言った。

上知令とは老中水野越前守忠邦が推進しようとする目玉の政策である。江戸と上方周辺の大名を転封し、幕府直轄地としようというのである。江戸、上方には大名、旗本の本領もあるが、飛地領も数多存在する。

上知令は水無月一日に発布され、まずは江戸最寄り地から実施された。率先垂範とばかりに水野は浜松藩主として印旛沼周辺にあった飛地領百十二石を幕府に上納した。

水野が印旛沼の掘割開削普請を行う決意をしたのは、印旛沼近くの飛地を管理させている家臣の調査に基づく。

上知令は発布されたものの、応ずる動きを見せているのはごく少数の大名、旗本に過ぎない。対象となる地域に所有する本領、飛地を所有する大名、旗本たちは替地を用意すると言われても、長年に亘って統治してきた土地を離れたがらない。

それは、領知への愛着ばかりではない。

大名、旗本たちは各地の商人や農民からの借財があり、それらを返済しないことには商人、農民が承知しない。水野は替地に加えて借財返済への貸し付けを検討しているが、果たして賄えるものか不安が募っている。

実際、幕府財政も豊かではない。卯月には将軍家慶の日光東照宮参拝が実施された。安永五年（一七七六）十代将軍家治が行って以来、実に六十七年ぶりの将軍による日光社参拝であった。水野が政のお手本とする松平定信も実施できず、五十年に亘って将軍職にあった十一代将軍家斉も行えなかった日光社参拝を成し遂げ、水野は鼻高々であった。

幕府の台所に大きな負担をかけないよう、水野は行列を最小限の規模にし、できるだけ節約に努めたが、それでも莫大な費用を要した。よって、上知令に伴う大名、旗本の領知替えに要する費用の貸し付けにも限度がある。

いや、一つの大名、旗本に貸し付けを行えば、それが先例となり、我も我もと大名、旗本たちは借入を申し出る。中には替地に要する費用という名目で商人、農民たちの借財返済に当てたり、不届きにも遊興費に使う恐れもある。

貸した金や補助金をまっとうに使う、使わないはともかくとして、幕府は想像もつかない出費を強いられることになるのだ。

また、上知対象となっている領知の農民は借財踏み倒しに加えて新領主となる幕府への危惧の念を抱いていた。年貢の取り立てが厳しくなる、と恐れているのだ。それは決して杞憂ではなく、上知令の目的が財政収入の向上にあるのは自明の理だからだ。

水野はあくまで海防目的を大義名分としているのだが、誰の目にも幕府の台所を富ますためと映っている。

「上知令の対象となっておる大名、旗本はもとより領民どもも反対しております。領民どもは一揆を起こしかねませぬ」

鳥居は深刻な顔をした。普段でも陰気な男だが、尚一層暗くなっている。

「大名、旗本、領民どもに加え、厄介なのは土井どのじゃ」

水野も顔をしかめた。

土井どのとは常陸国古河藩八万石の藩主にして老中の土井大炊頭利位である。

「大炊頭さま、土井家の飛地が上方にあるゆえに反対なさっておられるようですな」

土井への不快感を込め鳥居は言った。

「まこと、老中の身にありながら、自分の家のために公儀の方針に逆らうとは、狭量なるご仁じゃ」

土井への不満を募らせた水野は吐き捨てた。水野が土井を批難したことで勢いを得たように鳥居は続けた。

「土井さま、西洋かぶれでございますな」

鳥居は大の西洋嫌いである。この時も憎々しげに顔を歪めた。四年前の天保十年（一八三九）、ありもしない幕政批判、海外渡航を企てたとして罪をでっち上げ、蘭学者たちを弾圧した。蛮社の獄である。

「西洋かぶれ……」

水野はおやっとなった。水野の意外な表情を見て鳥居は言い添えた。

「西洋の眼鏡を盛んに使っておられるとか」

「それは、特殊な西洋の機械じゃな。事物が巨大に見えるそうじゃ」

今でいう顕微鏡を土井は手に入れ、雪を観察している。観察するだけではなく、雪の結晶を精密な絵に描いていた。

「雪殿じゃ」

水野は笑った。

土井利位の雪の結晶図は有名で、町人の間では「雪の殿さま」と呼ばれている。

「暇なご仁じゃ」

水野は顔を歪めた。

「改革の最中、しかも海防が急務の時に、のんびりと雪を愛でておられるとは……」

鳥居も蔑みの笑いを浮かべた。

「雪殿を黙らせる必要がある。そうであろう」

当然のように水野は鳥居に同意を求めた。

「まこと、その通りでござります」

即座に鳥居も賛同したが具体的な方策があるわけではない。それを見透かしたように水野は問いかけた。

「賛同するなら策を練れ。人を陥れるのは得意であろう」

意地の悪い水野の言葉を受け、鳥居は無言で両手をついた。

「上知令は何としても完遂する。公儀の台所が豊かになり、海防も充実するのじゃ。いいことずくめというのがわからぬのは、公儀のことを考えぬ不忠者か、よほどの阿呆ではないか。のう、鳥居」

水野は激した。

よほどに焦（あせ）っている。

実際、上知令が撤回（てっかい）にでもなったら、水野は失脚の恐れがある。政治生命が懸かっているのだ。

語る内に水野は苛立（いらだ）ちを募らせている。鳥居は黙っているとこちらに火の粉（こ）が降りかかってくると思い、

「大名、旗本が応じようとしないのは、領知替えに要する出費を渋るゆえであると存じます。よって、費用を公儀が貸し付けることにすればよろしいかと存じます」

鳥居が考えを述べると、

「そんなことはわかり切っておる。公儀の台所にゆとりがあれば貸し付けておる。賢（さか）しら顔で申すな」

却（かえ）って水野の怒りを買った。

「も、申し訳ございませぬ」

鳥居が謝（あやま）ると、

「そもそも印旛沼の普請の見通しが立ったのなら、領知替えの出費など貸し付けてやれるのじゃ」

とんだ藪蛇（やぶへび）である。

結局、印旛沼普請の不手際が水野の政の足を引っ張っている。そう言いたいのだ。

水野は舌打ちをした。

「申し訳ございませぬ」

ひたすら鳥居は詫びた。

「そなたは、詫びればそれで責任を取ったと思っておるのであろう。しかしな、政はそんな甘いものではない。全てが実施した政策で評価される、何もせず、無難に役目が過ぎるのを待てば……何もせずに老中の任にあれば、その方が安寧に過ごせるのじゃ」

珍しく水野は弱音を吐いた。

「仰せの通りです」

鳥居も心の底から水野に賛同した。

「まこと、そう思うか」

水野は険しい顔をした。

鳥居は頭を下げる。

「そなたは、公儀、日本を守りたいのかそれとも、鳥居家や父林述斎の名誉を守りたいのか」

切れ長の目を凝らし、水野は問いかけた。

「むろん、日本を夷敵から守るのが役目と考えております」

躊躇いもなく鳥居は答えた。

「ならば、口だけではなく実践せよ。そなたには、町奉行に加えて勘定奉行を任せておるのじゃ。異例の人事じゃぞ」

水野の言葉を受け、

「十分に承知しております」

鳥居はかっと両目を見開いた。

「ならば、土井利位失脚の方策を立てよ。多少、強引でもよい」

「承知しました」

鳥居の目が光った。

陰謀を練ることほど、鳥居の興奮を掻き立てるものはない。暗く淀んでいた目が爛々とした光を帯び、全身に精気が漲る。

「ふん、生き生きとしてきおったな」

口元を緩め、水野は期待を寄せた。

「お任せくださりませ」

自信に満ちた口調で鳥居は答えた。

「よし、頼むぞ」

水野は言った。

鳥居は頬を紅潮させて腰を上げた。老中土井大炊頭、陰謀を仕掛けるにふさわしい大物である。

「見ておれ」

内心で鳥居は叫び立てた。

五

外記はばつに留守番をさせ鏡ヶ池の家を出た。

黒小袖に裁着け袴、羽織は重ねず、大刀一本を落とし差しにしている。

軽々とした足取りで目指すは根津権現近くの武家屋敷、すなわちお勢の家である。お勢の家には真中正助がやって来る。立ち寄った時に不在でも、お勢に神谷の依頼の言付けをしようと思ったのだ。

根津権現の裏手に至ったところで後をつける集団に気づいた。

細い道の両側に竹藪が広がっている。秋の虫の鳴き声がかまびすしい。

外記は立ち止まり、振り向いた。

深編笠を被った三人の侍が横に並んだ。

「わたしに何か用かな」

外記が問いかけるや三人は抜刀した。

何者かはわからぬが話し合いはできない、と外記も大刀を抜く。

三人は揃って大上段に構えたものの、間合いは詰めてこない。

こちらから仕掛けるか、と外記は大刀を八双に構えた。

すると、背後に殺気を感じた。

前方には人影はなかったが、さては竹藪に潜んでいたのか。

案の定、背後に広がる両側の竹藪から大勢の侍が湧くようにして現れた。みな、黒覆面で顔を隠している。黒覆面には揃って同じ絵柄が金糸で縫い取られていた。どうやら家紋のようだ。

外記は納刀して前方に転がりながら深編笠の三人に向かった。車輪のように迫る外記に三人の体勢が崩れた。

外記は抜刀し、三人の脛を払った。三人は叫びながら路上に倒れる。

立ち上がり、外記は竹藪に身を入れようとした。そこへ、矢が飛来する。矢は両側の竹藪から射かけられている。

細道に身を伏せ、矢から逃れながら様子を窺うと、外記は呼吸を繰り返した。口から大きく息を吸い、小刻みに鼻から吐き出す。全身に血潮が駆け巡り、丹田に精気が蓄積してゆく。

精気が漲り、外記は立ち上がった。

途端に矢が射かけられる。

矢を避けながら外記は腰を落とし、左手を腰に置き、右手を突き出すと、

「でやあ！」

大地も裂けんばかりの怒声を放った。

細道に巨大な陽炎が立ち昇る。

黒覆面が陽炎の中で揺らめいた。

虫の鳴き声が止み、時が沈んだかのような静寂が訪れたのも束の間、巨人に張り手を食らったように敵が弾け飛んだ。

再び虫が鳴き始める。

気送術が炸裂した。

気送術とは、菅沼家伝来の秘術である。呼吸を繰り返し、精気を丹田に集め満ち足りたところで一気に吐き出す。気送術を受けた者は見えない力によって突き飛ばされ、中には失神する者もいる。

菅沼家の嫡男は元服の日より、気送術習得の修業を始める。当主について日々、呼吸法、気功法の鍛錬を受け、時に一カ月の断食、三カ月の山籠もりなどを経て五年以内に術を会得しなければならない。会得できぬ者は当主の資格を失い、部屋住みとされた。

無事会得できたとしても、術の効力は低い。精々、子供一人を吹き飛ばすことしかできない。しかも、丹田に気を溜めるまでに四半刻（三十分）ほども要する。気送術を放つ時には全身汗まみれとなりぐったりして、術を使う意味を成さない。

会得後も厳しい鍛錬を重ねた者、そして生来の素質を持った者のみが短い呼吸の繰り返しで丹田に気を集めて大の男を飛ばし、術を自在に操ることができるのだ。外記は三十歳の頃には菅沼家始まって以来の達人の域に達していた。

泡を食って敵は退散した。

「馬鹿め」

外記は毒づいた。

何者の差し金であろう。沼津藩の御用方頭取神谷宗太郎の依頼に関係していることは間違いない。印旛沼狒々にまつわる闇を晴らして欲しくない勢力であろう。

敵の集団は揃って侍だった。侍に扮しているのではなかったのは彼らの振るった剣、射かけた矢によって明らかだ。

何処かの大名家であろうか。

ひょっとして、水野忠邦配下の者か。

敵は鏡ヶ池からつけて来たようだ。水野は外記の住まいを知らない……。いや、探り当てたのかもしれない。

思案をすればするほど、疑念は深まるばかりだ。

黒覆面に金糸で縫い取られていた家紋……。

三つ鱗であった。

三つ鱗は小田原北条氏の家紋だ。鎌倉北条氏の家紋でもある。というより、小田原北条氏は鎌倉北条氏の後裔を称していたため、同じ家紋を用いたのだ。

敵は小田原北条氏と繫がりがあるのだろうか。小田原北条氏が滅んで二百五十年以上の歳月が流れているのだが……。

外記は身を引き締めた。

外記は気づかなかったが、竹藪に一人の侍が残っていた。侍は外記と敵の争いを目を凝らしてじっと見ていた。

「あれが噂の気送術か……」

侍は呟（つぶや）くと、そっと竹藪から立ち去った。


その頃、鳥居は南町奉行所の奉行役宅（やくたく）に戻り、書院（しょいん）に入った。

用人（ようにん）の藤岡伝十郎（ふじおかでんじゅうろう）を呼ぶ。

鳥居耀蔵は幕府の官学（かんがく）をつかさどる公儀大学頭（だいがくのかみ）林述斎の三男として生まれた。文政（ぶんせい）三年（一八二〇）二十五歳で鳥居家に養子入りした際、林家から供侍（ともざむらい）として派遣されたのが藤岡である。以来、二十年以上に亘って鳥居の側近く仕えている。

このため、藤岡は鳥居の足音を聞いただけで、上機嫌か不機嫌か即座に判断できた。また、機嫌によってどのような態度で接すればよいかも身につけている。歳は、鳥居より四歳上、五十二歳だった。

「お疲れさまでございます」

藤岡は鳥居の紅潮した面持（おもも）ちを見て、何やら謀（はかりごと）を練り始めたのを察した。

「近々の内にも印旛沼に巡検に参る。与力と同心どもも連れてゆくが、それとは別に隠密同心どもを向かわせたい。ついては、人選をする」

「それは良いお考えと存じます」

藤岡は二度、三度首肯した。

「それと、売り込みの浪人がおるそうじゃな」

鳥居の問いかけに、

「辛島銀次郎と申す駿州浪人でござります」

藤岡は答えた。

「売り込むと申しても、町奉行所の与力、同心になりたがっておるのか。だとしたら、無理だぞ」

鳥居が言うように町奉行所の与力、同心は世襲制で新規の者は採用されない。建前は一代限りで召し抱えられるため、世襲ではないのだが、実際は与力、同心の息子が成長すると見習いとして出仕させ、経験を積んでから与力、同心としての職務を担う。

また、稀にではあるが同心から与力に昇進する者はいた。いずれにしても、八丁堀与力、八丁堀同心は八丁堀以外の武士は役に就けない。ましてや、浪人が八丁堀与力、同心になることはあり得ないのだ。

「辛島もそれは、承知をしておるようです。辛島の狙いは、ずばり金です」

藤岡は言った。

「金か……いかにも尾羽打ち枯らした(おはうちから)浪人らしい卑しさ(いや)よのう。して、どんな仕事をして金をせしめる気なのじゃ」

冷笑(れいしょう)を浮かべながら鳥居は問いかけた。

「それが、何度尋ねて(たず)も申しませぬ。直接、殿に申し上げる、と繰り返すのみ」

藤岡は不届きな奴だと言い添えた。

「どんな男だ」

鳥居は興味を抱いた。

「いわゆる尾羽打ち枯らした浪人ではありませぬ。こざっぱりとした身形です。身の丈は六尺ありそうな大柄(おおがら)な男、そのせいか、剛(ごう)の者のような……」

藤岡は辛島の長身を示すように右手を伸ばした。

「とすると、辛島なる浪人者は剣で役立とうというのだな」

「おそらくは……」

「腕の立つ者は南町にもおる。辛島という浪人、よほど自信があるのかあるいは馬鹿か。それとも、わしにとって斬れば(き)利をもたらす者を成敗するということか」

鳥居は思案を始めた。

「さて、わかりませぬが、拙者が会うたびに自信を漲らせております」

藤岡は首を捻りながら答えた。

「面白そうな男ではあるな」

使いようがあるかもしれない、と鳥居は思った。

「駿州浪人と申したが、何処の家中であったのだ」

算段しつつ鳥居は確かめた。

「確か、沼津水野家を出奔したとか。出奔のわけは上役と揉めてということでした」

藤岡が答えると、

「沼津水野家か……」

沼津水野家に遺恨を抱いているとしたら、沼津水野家を陥れる企てに使えそうだ。

「よし、会ってやろう。次に来たら通せ」

鳥居は命じた。

「よろしいのですか。浪人などと関わらぬがよいと存じますが」

恐る恐る、藤岡は具申した。

「関わらぬがよいと思ったら、追い返すまでじゃ」

鳥居は冷笑を放った。

第二章　渡り経世家

一

外記の予想通り真中正助はお勢の家にやって来た。

お勢は留守であった。外記は母屋で待っていた。

外出の際の、小間物問屋の隠居、相州屋重吉の扮装に着替えて縁側に腰かけ、夕涼みをしている。真っ白の髪と髭、焦げ茶色の小袖に裁着け袴、同色の袖無羽織に宗匠頭巾を被り、いかにも商家の御隠居さんといった風貌だ。

初秋だが軒に吊るされたままの風鈴が心地よい音色を聞かせ、爽やかな風が頰を撫でる。

真中も縁側に横並びに腰かけ、辛島銀次郎と正直屋善太郎から印旛沼狒々退治の助勢を頼まれた顚末を報告した。外記は興味深そうに耳を傾け、懐中から絵図面を取り出して縁側に広げた。

沼津藩の神谷宗太郎から渡された印旛沼の普請図である。

真中と頭を突き合わせる。

一番上に利根川の流れが描かれ、利根川から長門川を経て印旛沼が広がっている。印旛沼から江戸湾に向かって堀床十間（約十八メートル）の掘割を開削する普請であった。

その間、五つの大名に持場が割り当てられていた。出羽国庄内藩十七万石酒井家、駿河国沼津藩五万石水野家、因幡国鳥取藩三十二万五千石池田家、上総国貝淵藩一万三千石林家、筑前国秋月藩五万石秋月家である。

持場は印旛沼に近い方から沼津藩が四千四百間（約八キロ）、庄内藩千百間（約二キロ）、鳥取藩六百間（約一キロ余り）、貝淵藩二千二百間（約四キロ）そして、秋月藩が千二百間（約二キロ）である。

沼津藩が目立って長い持場なのは一目瞭然だ。また、庄内藩の持場は試掘作業で最も困難と予想された高台であった。他藩に比べ石高が断然大きな鳥取藩が最も短い六百間とは外様の雄藩に水野が遠慮したのか、鳥取藩から何らかの見返りを得たのかは不明だが、割り当てに関して沼津藩、庄内藩から不平、不満の声が上がっているのは無理もない。

「老中水野越前守は、今回の普請は新田の開発ではない、と強調しておる」

それが過去二回に亘る普請との大きな違いである。普請目的は利根川と江戸湾に掘割を開削することにあった。開削することの副産物として洪水被害を防ぎ、しかる後に新田も切り開かれるとは沼津藩の御用方頭取、神谷宗太郎から聞かされた。

「水野の本音は海防……異国船が江戸湾に侵入してきた場合の水運確保とか」

外記の言葉に、

「いかにも水野が考えそうなことですな」

真中は食い入るように絵図面に見入った。

「そうじゃな。ただ、どうも、今回は過去の慣例とは異なることが実施されておる。過去二度の普請はいずれも現地の村長、庄屋が公儀に願い出て請け負っておった。しかし、今回は大名家に手伝い普請を命じた。そして、手伝い普請そのものが慣例に従えば、金子の提供だけなのだ」

幕府が諸大名に命じる手伝い普請は宝暦四年に行われた薩摩藩島津家の木曽三川の分流治水普請を以て実施されなくなったことを外記は語った。

「選ばれた五つの大名家の内、庄内藩と沼津藩に対し、水野は遺恨を抱いております」

真中の指摘通りである。

庄内藩には三方領知替えで苦汁を飲まされた。

三方領知替えとは、出羽庄内藩酒井忠器、越後長岡藩牧野忠雅、武蔵川越藩松平斉典のあいだで領知替えを行おうとした一件である。水野は酒井家を長岡へ、牧野家を川越へ、松平家を庄内へ玉突きのように転封させるつもりだった。

水野が三方領知替えを断行しようとした背景には、川越藩主松平斉典の懇願があった。大御所徳川家斉の二十五男斉省を養子に迎えていた斉典は、肥沃な米所を領内に持つ庄内への転封を、斉省の母お以登の方を通じて家斉に願い出たのだ。川越藩の台所が傾いていたために斉典は庄内への転封を渇望したのである。

家斉は願いを聞き入れ、水野に領知替えを検討するよう命じた。存命中の家斉は大御所として大きな力を持っていた。政にそれほどの関心を持たなかった家斉ではあるが、それゆえ、身内の頼みには寛容であった。各々の大名の都合など考えずに川越藩の窮状を助けてやろうと水野に領知替えを命じたのである。

家斉の命には逆らえず水野はこの課題に取り組んだ。単に庄内藩酒井家と川越藩松平家の領知替えでは、世上に川越藩への贔屓が露骨に過ぎる印象を与えると考え、長岡藩も加えた三方領知替えを計画したのだった。

三方領知替えを実施すると、庄内藩は領知十七万石が七万石に激減してしまうことになる。世論は庄内藩に同情的だった。また、酒井家は領内で善政を敷いていた。このため、酒井家を慕う領民は、新領主松平家の苛烈な年貢徴収を恐れ、領知替え反対の運動を起こした。

領民たちは一昨年の暮れから翌年の四月にかけて、嘆願書をたずさえ、たびたび江戸に上ってきた。

水野は、「三方領知替え」に反対して江戸に上ってきた庄内領の百姓を、江戸市中を騒がす不逞（ふてい）の輩（やから）として、当時の南町奉行矢部駿河守定謙（やべするがのかみさだのり）に処罰させようとした。百姓を処罰することによって、領民を治められない酒井家の非を転封の口実（こうじつ）の一つにしようと考えたのだ。

まず、水野が標的にしたのは佐藤藤佐（さとうとうすけ）だった。佐藤は庄内出身の公事師（くじし）で、庄内の百姓たちの反対運動の陰の指導者と目されていた。矢部は水野の命により佐藤を奉行所に呼び出した。

佐藤はお白洲（しらす）で、領知替えは、大御所家斉が自分の子どもを世継ぎとして迎えた川越藩の財政危機を救うため、豊かな米所である庄内領への転封を発令したものと、公然と証言した。

それを矢部は、堂々と老中へ上申（じょうしん）したのである。公然の秘密が公（おおやけ）にされたことにより、幕閣は三方領知替えの凍結に傾いた。将軍家慶は、こうした流れを読み、三方領知替え中止を沙汰（さた）したのである。

水野は矢部への恨みを抱き、矢部を南町奉行から罷免し、矢部失脚を画策した目付であった鳥居耀蔵を南町奉行に任命したのである。

水野にすれば、老中首座として大御所家斉直々の命令をしくじったことになる。矢部と共に庄内藩酒井家への遺恨は深い。

沼津藩への遺恨は御用方頭取の神谷宗太郎から聞いた。かつての沼津藩主で老中首座であった水野忠成へ媚びていた自分を悔いると共に、恨みを晴らす機会を窺っていたのである。

「つくづく、陰険な男でござりますな」

真中は水野をなじった。

「水野が陰険なのはむろんのことだが、それが身を亡ぼす。老中首座の権力にものを言わせられるのは、権勢を保持しておる間だけだ。落ち目となれば、強引な政策はたちまちしっぺ返しを食らう。それがわからぬ水野ではないゆえ、更に力で押さえ込もうとする。それが水野の綻びとなろう」

外記の見通しに、

「水野に加え鳥居もです。水野と鳥居、共倒れも近いのではないでしょうか」

鳥居は町奉行と勘定奉行を兼ね、印旛沼普請に前のめりになっている。何としても成功させたいと異常な執念を燃やしていた。

「上知令も遅々として進まず、印旛沼の普請も難航しておるとあっては、水野、鳥居も追いつめられております」

真中は言った。

「追いつめられると、柔軟に妥協する者と強硬に奔る者がおるが、水野、鳥居は明らかに後者であろうな」

外記の評価に異を唱えることなくうなずく。

「沼津水野家の家臣であった辛島銀次郎、印旛沼狒々退治を名目として何やら企んでおるようです」

真中の憶測を受け、

「辛島銀次郎……怪しげであるな」

外記は腕組みをした。

「辛島がわたしに近づいたのは、ひょっとして、わたしが菅沼組に属していることを知っておるからではないでしょうか」

真中の推測に、

「そうかもしれぬ。若かりし頃、沼津水野家の江戸家老土方縫殿助どのの世話になった。

いや、世話になったというより、いいように使われた。あの頃、公儀御庭番を束ねておられたのは側用人兼老中首座の水野出羽守忠成さまであったが、実務は土方どのが担っておられた。土方どのはお亡くなりになったが、菅沼組のことは、沼津水野家家中で伝わっておるのかもしれぬ」

推論に過ぎぬが、と外記は慎重に言い添えた。

土方は敏腕を以て知られていた。

調略に長けた寝業師であった。それを示す挿話がある。

水野忠成が政策を進める上で味方につけたい大名がいたが、あいにく親交はなく疎遠であった。表立って近づけば警戒される。そこで土方は相手の上屋敷の前で腹痛を訴え、休息させて欲しいと申し出た。屋敷では水野家の家老の苦境を見過ごしにはできず、土方を休息させた。

後日、土方は大量の土産、金子を持参してお礼に駆けつけ、それをきっかけにその大名家と交流を深め忠成の味方につけた。

土方は陪臣にもかかわらず、将軍徳川家斉の信頼を得た。忠成が意見具申をすると、

「このこと、土方は承知しておるな」

と、家斉は確認したという。

そんな辣腕ぶりゆえ、土方は忠成に代わって公儀御庭番に指図をしていたのである。外記は土方に気に入られ、度々難題を課せられた。御庭番として気に入られるということは、困難な役目を負わされるということだ。

土方との思い出につい浸っていると、

「辛島銀次郎、浪人をしておりますが、ひょっとしたら浪人というのは隠密活動を行う上での隠れ蓑なのかもしれませぬ」

真中も推測を進めた。

「その可能性もあるな。ということは、神谷どのに命じられてそなたに近づいたのであろうか。しかしそれなら、神谷どのがわたしに辛島銀次郎という男の存在を教えてくれたはずだ……どうもわからぬな。神谷どのと辛島は今も繋がりがあるのかないのか……無関係で印旛沼狒々について調べようとしておるのか」

外記の疑問に真中は答えようとしたが答えが出ず、首を捻って黙り込んだ。

すると、

「御免くださ〜い」

能天気に明るい声が聞こえた。

「あの声は……」

真中が舌打ちをすると、読売屋の正直屋善太郎が庭を横切って来た。善太郎はにこにこと愛想笑いを浮かべながら、

「ど～も」

恭しくお辞儀をして見せた。

「なんだ、どうしてここが」

真中は不快そうに問いかけた。

「いえね、偶々ですがね、真中さまがこちらに入っていかれるのを見かけましたんでね。へ～え、真中さま、常磐津なんかおやりになるんですかって、読売屋特有の物見高さに駆られましてね。ちょいと、覗いてみたって次第で……真中さま、小粋なお方とは思っておりましたが、常磐津をおやりになるんですね」

善太郎は三味線を弾く格好をした。

「まあ、な……それよりそなた、わたしをつけてきたのか」

真中は責めるような口調をしたが、善太郎の尾行に気づかなかった自分も情けない。尾行には触れず、善太郎はちらっと外記を見た。

ご隠居然とした外記に、

「ご隠居さんも常磐津を……」

初対面にもかかわらず善太郎は親しそうに問いかけた。

「そうだ」

真中が代わりに答えた。

「それはそれは、いやあ、常磐津というのはよろしいですな」

外記や真中の了解も得ず、善太郎は縁側に腰かけた。

「そなたはやらぬのか」

憮然(ぶぜん)と真中は問い直した。

「あたしゃ、無粋(ぶすい)な上に音曲(おんぎょく)はからっきしでしてね、いやあ、できる方々が羨(うらや)ましいですよ」

頭を掻きながら善太郎は答えた。

更に稽古所を見ながら話を続けた。

「当節、常磐津の稽古所はお休みですよね。こちらもお休みのようですが……」

どうして稽古所にいるのだ、と言いたいようだ。

「稽古所は休みだが、稽古所に通う者は語らいのひと時を過ごしたくなってな、誰ともなく集まって来る」

真中は言った。

「わかりますよ。こういうご時世ですからね、何か楽しいことがないと、辛抱たまりませんですよ」

善太郎は大袈裟に両手を広げた。

「それで、何用かな」

真中は善太郎を見返した。

「辛島の旦那、気を揉んでいらっしゃいますよ。真中さまがお力を貸してくださるって明言をなさらなかったから」

善太郎はぼやくように言った。

「わたしの力なんぞ、大したことはないぞ。それに、二、三日考えてから手助けする気になったら正直屋に出向くと約束したはずだ」

真中は返した。尾行までして返事を求める善太郎を批難する思いを込めたのだが、善太郎は素知らぬ顔で尾行については触れず、

「またまたご謙遜を……辛島の旦那から聞いていますよ。真中さまは凄腕の剣客でいらっしゃる、と」

善太郎はまたも大袈裟に両手を広げた。

「なんだ、そなた、辛島どのからわたしを口説くよう頼まれたのか」

真中の問いかけに、

「辛島の旦那もお望みですが、あたしも真中さまに手助けを願いたいんですよ」

善太郎は表情を引き締めた。

「そなたもか……さては、印旛沼狒々退治、読売のネタにするつもりだな」

真中の問いかけに善太郎は、待ってましたとばかりに答えた。

「あたしはですよ、印旛沼狒々見物の講を主宰しているんです」

「印旛沼狒々見物の講か……ああ、聞いたことがある。随分と評判となっておるではないか……そうか、そなたが企てておるのか」

いかにも善太郎ならやりそうだ。

善太郎は誇らしそうに胸を張り、

「辛島の旦那と真中さまが印旛沼狒々を退治するとなりゃ、こりゃ盛り上がりますよ。下手な芝居よりもよっぽど迫力がありますからね。今回の講の目玉にしたいんですよ。へへへっ」

何がおかしいのか笑いながら善太郎は懐中から絵を何枚か取り出し、縁側に広げた。

毒々しい色使いの錦絵である。

巷に出回っている印旛沼狒々が描かれ、額に鉢金を施し、襷掛けをした侍が二人、刀

を振り翳して いる。辛島と真中による印旛沼狒々退治の様子を錦絵に仕立てているのだ。

「あたしの店でもですよ、この錦絵は評判でしてね」

善太郎は印旛沼狒々を読売ばかりか錦絵、更には草双紙にして儲けている。

ここで外記が口を挟んだ。

「印旛沼狒々をネタにしておる読売屋は、正直屋さんだけではなかろう。印旛沼狒々ネタ、飽きられるのではないのかな」

善太郎はまじまじと外記を見返し、

「ごもっともなお問いかけですね。さすがはご隠居さん、目の付け所がいい」

調子よく善太郎は外記を持ち上げてから、

「おっしゃるように、江戸っ子は物見高いが飽きっぽいですね。それでも、正直屋の読売、錦絵、草双紙が飛び抜けて売れているんですよ。今後も、印旛沼狒々講のお陰で当分は売れ続けますよ」

と、てらいもなく言い張った。

「馬鹿に自信たっぷりですな。印旛沼狒々について嘘偽りなく正直に書いているからですか」

皮肉混じりに外記は問い直した。

「その通りです……とはいくらなんでも申しませんよ。正直屋が他とは違うのはですよ、面白いネタを何処よりも早く手に入れられるからなんです」

「なるほど、正直屋さんには印旛沼狒々に関して特別のネタ元がいるのですな。そのネタ元とは……聞くだけ野暮ですな。ネタ元を明かさないのがあんたたちの商いだ」

理解を示すように外記は言った。

「よくわかっていらっしゃいますね。それはともかく、真中さま、辛島さまと一緒に印旛沼狒々を退治してくだされ。ちゃんとお礼は致します」

「辛島どのから賞金のことは聞いた」

冷めた口調で真中は言った。

外記が続けた。

「印旛沼狒々が現れなかったらどうするのかな」

「お疑いなのはごもっともです。ですがね、お役人十三人が雷に打たれて亡くなったのは嘘ではありません。雷を呼べるのは印旛沼狒々しかいません。人じゃ雷を呼べませんからね。菅原道真公は天神さまになって雷を落としましたが……」

あくまで大真面目に善太郎は持論を展開した。外記は神谷から聞いた事実、殺された役人は三人で、雷は発生していたが雨も降っていたことは黙っていた。善太郎は事実を承知で読売の記事を仕立てたのだろう。

真中は不快な気持ちで反論した。

「口では何とでも言えるな」

「ならば、お役人の死まで偽りだとおっしゃるのですか」

柔らかな表情でありながら善太郎は強い眼差しで問い返した。

「役人の死についてはわからぬ。しかし、役人の死と印旛沼狒々がいることを結びつけるのはいかがなものか」

真中は疑念を解こうとはしない。

「ここでいくらお話をしても信じてはもらえませんな。やはり、印旛沼へ行って頂くのがよろしゅうございます。もちろん、旅費、飲み食いはあたしが持ちますんでね」

善太郎はくれぐれもよろしくお願いします、と釘を刺すように頼み込んでから去った。

去り行く善太郎の背中を見ながら、

「いかにもいかがわしい男でござりますな」

真中は鼻白んだ。

「ひょっとしたら、沼津水野家と繋がりがあるかもしれぬ。少なくとも辛島は沼津水野家におったのだ。そなたが推測したように、辛島が沼津水野家の隠密であるとしたら、辛島と親しい善太郎も一味なのかもしれない。正直屋が印旛沼狒々についてずば抜けて迅速且つ、豊富なネタを仕込めるのも、善太郎と沼津水野家との繋がりの深さを感じさせるのう」

という外記の考えを受け、

「すると、善太郎と辛島の狙いは何でしょう。まさか、本気で印旛沼狒々を退治するとか、見物しようと考えているのではないでしょうが……」

真中は思案を巡らした。

「確かに、真意が気になるな」

外記も見当がつかない。

「印旛沼へ行ってみましょうか。奴らの狙いを探り出すために」

真中が言うと、

「印旛沼普請は水野、鳥居の肝だ。鳥居は役人殺しを沼津水野家のせいにしようとしておる。こうなると、印旛沼狒々なる怪獣が印旛沼普請の成否を握っておるのかもしれぬな。退治できれば、鳥居の企ても粉砕できるかもしれぬ」

外記は冗談とも本気ともつかない物言いをした。

「やはり、辛島と共に印旛沼に行きます」

真中は決断した。

二

鳥居を帰してから水野忠邦は憔悴していた。

どうにもうまく事が運ばない。

「わしとしたことが誤ったか」

水野は呟いた。

敵を作り過ぎてしまった。印旛沼普請における沼津藩と庄内藩、上知令における土井利位……。

しかし、後戻りはできない。

いずれも海防上に必要不可欠なことだ。

己を鼓舞したところで家臣が一人の男の来訪を告げた。

「大森豊斎……」

評判は耳にしている。

経世家で蘭学者、これまでに財政の傾いた大名家に雇われ、財政改善に取り組んできた。

いくつかの大名家で成果を上げ、盛名が轟いている。

面白い男だと思っていた。

「通せ」

水野は命じた。


御殿玄関脇の小座敷で水野は豊斎を引見した。

豊斎は白髪混じりの儒者髷、薄っすらと無精髭が伸び、くたびれた小袖に羽織を重ね、袴の襞はなくなっていた。暮らしに困っているのか。それとも、質素倹約を旨としているのか。

黄土色の顔は皺が目立つ。歳の頃は還暦を過ぎたあたりか、と水野は見当をつけた。

豊斎は慇懃に挨拶をした後、

「御老中、困っておられますな」

と、見透かすような物言いをした。

水野は静かに微笑みながら、

「政を行っておると、困らぬことはないものじゃ」

と、余裕たっぷりに返した。

「なるほど言い得て妙ですが、日常的な困りごとではなく、致命傷となりかねぬ難事。そう、水野さまのお立場がかかった困難を抱えておられる」

いかがですか、と豊斎は問いかけた。

「上知令と印旛沼のことか」

水野は淡々と告げた。

「お困りでござりましょう」

「喜ぶか。わしのしくじりに快哉(かいさい)を上げるか」

わずかに怒りを滲ませ、水野は言った。

「快哉を上げる者は多かろうと存じます」

「そなたもか」

「これから、わしの申すことをお取り上げにならなかったら、水野さまがしくじるのを嘲笑するでしょうな」

さらりと豊斎は言ってのけた。

「よほど自信があるようじゃな。よし、聞こう」

水野は身構えた。

豊斎はおもむろに語り出した。

「まず、上知令を成就させるための方策です」

「うむ」

水野の目がきらりと光った。

「大名、旗本の上知令に応じない理由は、領知替えに伴う費用の捻出ができないことですな」

「いかにも……そなた、公儀が負担もしくは貸し付けよ、と申すのではあるまいな。それならば、話を聞くまでもない。帰れ」

冷然と水野は告げた。

「これは、思った以上に焦っておられる。むろん、わしはそんなことは申さぬ。公儀も台所が苦しいゆえ、貸し付けなどできぬのはわかっております。それゆえ、印旛沼の普請は五つの大名家に手伝い普請をさせたのですからな。ならば、貨幣改鋳をするか、それもできにくい。目下、物の値が上がっておりますからな。水野さまは物の値上がりの原因を株仲間を形成する商人たちが結託したからとお考えになり、株仲間を解散させましたな。しかし、物の値は下がりも落ち着きもしておらぬ。貨幣改鋳は物の値上がりに追い討ちをかけますゆえ、それはできませぬな」

落ち着いた口調で豊斎は語った。

水野は黙って先を促す。

「貨幣改鋳ができないとなると、公儀と町人で会所を設ける……大名や旗本への貸し付けを専門とする会所を設けるのが最善でござる」

自信満々に豊斎は提案した。

「公儀と町人で両替屋でもやれと申すか」

水野は薄笑いを浮かべた。

「まあ、そういうことです」

悪びれることなく豊斎は認めた。

「貸し付けの資金はどうする。公儀と町人で折半か」

「町人もしくは農民から取り立てます」

「取り立てるとは税か」

「地子銭ですな」

地子銭とは田圃の大きさや、家の間口に応じてかける税である。

「それでは、貨幣改鋳に伴い物の値が上がるよりも商人や領民どもは反発するのではないのか」

水野は懸念を示した。

「地子銭を徴収し、それを元手として大名に貸し付けます。当然、利子を徴収します。得た利子は資金を提供した町人、農民と公儀で分けるのです。地子銭を納めた農民、町人にも利子を還元する、という次第です。地子銭のよいところは広く薄く取り立てられることです。たとえば、町人どもに対しては間口一間（約一・八メートル）に対して百文の利子とするのです」

豊斎は言った。

町人と言っても借家住まいの者たちには地子銭はかからない。大家たちが負担することになる。借家住まいの者の方が圧倒的に多いのだが、彼らが住まいする長屋は莫大な数があり、それらの長屋の間口を計測し、年百文でも課税すれば、塵も積もればとなるだろう。

商人からの借財が膨れ上がり、追加の借財を受けることが叶わない大名、旗本は珍しくはない。

「商人たちから借りるよりも低利で貸せば、貸金会所の役割は高まり、大名、旗本方も領知替えの費用捻出が可能となりますぞ」

豊斎の言葉に、

「なるほど、検討の余地ありじゃのう」

水野は興味を示した。

水野の肯定的な態度に豊斎は満足そうにうなずいた。

「よき話を聞かせてくれたのう」

水野は面談を打ち切ろうとした。

それを豊斎は、

「もう一つ案がございます」

と、言った。

「上知令に関してか」

水野が確かめると、

「いいえ、壮大なる新田開発です。新田開発ばかりではありませぬ。海防も視野に入れた方策ですぞ」

豊斎は水野に期待を持たせた。

「何処で行うのじゃ」

水野は目を光らせた。

「蝦夷地です」

さらりと豊斎は答えた。

「蝦夷地か……」

水野は遠い目をした。

「夢物語とお考えですか」

豊斎が問う。

「そうじゃのう」

失望を露わにし、水野は乗り気ではないようだ。

「では、これを」

豊斎は懐中から帳面を取り出した。それを水野は受け取り、ぱらぱらと捲る。徐々に水野の目が真剣味を帯びてきた。

帳面には蝦夷地を開拓したら広大な新田が得られるばかりか、鉱山開発の可能性大であるとした論が書かれている。また、そんな魅力ある蝦夷地を松前藩に任せたままではロシアに奪われる、という危機感も書き立てていた。

ただ、豊斎はロシアと敵対するのではなく、ロシアの進んだ技術を取り込み、共に蝦夷地の新田、鉱山開発を行うべし、と勧めている。何しろロシアは蝦夷地よりも極寒の地である樺太、シベリアを領土としている国であり、寒冷地の農業、鉱業、更には商業、交易に長けている、と豊斎は強く説いていた。

「確かに蝦夷地は重要じゃ。そこで、オロシャと手を組むのか。しかし、それではオロシヤは蝦夷地を侵し、わが物とするかもしれぬ」

　水野は危惧を示した後、

「何か目論見（もくろみ）があるのか」

「要するにオロシャにとっては利益次第です」

　豊斎の言葉を受け、

「むろん、その通りであるが、これは実現できる目算はあるのか」

「目算なくして、水野さまに提案など致しませぬ」

　豊斎の自信は揺るがない。

「そうか」

　聞こうと水野は半身を乗り出した。

「では」

　豊斎は居住まいを正した。

「まず、蝦夷地を松前藩から公儀が預かります」

　豊斎は言った。

「松前が承知しおるとは思えぬな」

　机上（きじょう）の空論（くうろん）だとばかりに水野は否定した。ところが、

「そうですかな。しかるべく替地を用意すれば、応じるのではないでしょうか」

「それはそうだが……その替地が見つからぬ」

水野は苦笑した。

「そうでしょうかな」

豊斎はにんまりと笑った。

「なんじゃ、はっきりと申せ」

苛立ちを示し、水野は命じた。

「替地として二つの候補があるではありませぬか」

笑みを深め、豊斎は水野の腹の内を探るように言った。

「沼津水野家と庄内酒井家か」

水野は憎々しそうに顔を歪めた。

「沼津水野家と土井家でござります」

豊斎は言った。

「土井どのを転封じゃと」

水野は笑ったが目は真剣だ。

すぐに真顔となり、

「戯言(ざれごと)を申してみよ」

静かに水野は命じた。

あくまで戯言であると強調したのだ。豊斎も承知したものでそれに逆らうことなく続けた。

「土井大炊頭利位さま、雪の殿さまですな。それほどに雪がお好きなら、雪深き蝦夷地にてじっくりと雪の絵を描いて頂こうではありませぬか」

この豊斎の言葉には、

「それは、言い得て妙」

水野は両手を打ち鳴らした。

「では」

豊斎はにんまりとした。

水野はおもむろに、

「古河藩を蝦夷地に転封か。それは面白い。面白いのう」

と、小さく笑った。

が、すぐに、

「しかし、よほどのネタがないと転封などはできぬ。古河藩土井家は累代(るいだい)に亘って将軍家を支えてきた御家じゃ」

と、実現には程遠いと一笑に付した。

「そうでしょうかな」

豊斎はにんまりとした。

「どうしたのだ。何か妙案でもあるのか」

水野は目を凝らした。

「ありますな」

豊斎は素っ気ないくらいの乾いた口調で言った。

「ふん、勿体をつけおって」

水野は苦い顔をした。

「万事、わしにお任せを頂ければ、わしの裁量でやりますがな」

「何が望みじゃ」

水野は切り出した。

豊斎は口を閉ざした。

「いくら欲しい」

問いを重ね、水野は申してみよ、と強い口調で命じた。

「金は欲しくはござらぬ」

　豊斎は否定した。

「ほう、では何が望みじゃ」

「水野さまの侍講にお召し抱え頂きたい」

　という豊斎の頼みを、

「仕官か……」

　水野は思案した。

「一代までもでなくて構いませぬ。上知令が成就し、蝦夷地の開拓が緒に就くまででよろしい」

「何故じゃ」

「わしはどうも一つの御家に仕えるのが苦手なのです」

　豊斎はがははと笑った。

　それには水野が答えないでいると、

「不忠者と思われるかもしれませんが、その時、その時に仕える御家のために忠義を尽くす、精一杯の働きをするのが信条なのです」

「鑓の代わりに知恵で世渡りをする戦国武者というわけか」

水野は薄く笑った。

「ならば、わしの策、お取り上げくださいますな」

両目を見開き、豊斎は確かめた。

「よかろう。ならば、鳥居と細目を詰めよ」

水野は了承した。

「鳥居どの、大変に独特なお方とか」

豊斎が危惧を示すと、

「癖のある男じゃがな」

水野はにんまりと笑った。

それから思いついたように、

「印旛沼、気になりましょう。よろしかったら、わしも現地に参りましょうか」

豊斎の申し出に、

「そうしてもらおうか。そなた、掘割の普請を行ったことがあるか」

水野は問い返した。

「ありますな」

豊斎は三つばかりの大名家を挙げ、各々国許で実施した例を語った。

「印旛沼のような大規模な掘割ではなく、貯水池から田圃への用水路を結ぶ普請程度ですがな」

「それでも、普請に関して、様々な考えは起きるかもしれぬな」

期待を込めて水野は言った。

「印旛沼と申せば、何やら怪しげな事件が起きましたな」

ふと思い出したように豊斎は言った。

「くだらぬ騒ぎじゃ」

水野は素っ気なく返したが、

「ですが、公儀の役人三人が命を落としたのは事実でござろう」

豊斎は踏み込んだ。

「それはそうじゃが」

「鳥居どのが放置するとは思えませぬが」

豊斎は言った。

「鳥居は近々にも印旛沼に向かう。普請の現場巡検はもちろんだが、役人殺しの探索も行うはずじゃ」

「鳥居どのであれば、下手人を挙げ、事件を明らかとなさるんでしょう」

「ならば、こちらの件も鳥居と打ち合わせをするがよい」

水野は紹介状を持たせると言った。

三

翌十一日の朝、豊斎は南町奉行所を訪れた。

雨がそぼ降っている。まもなく野分の時節となる。印旛沼普請は益々難航するであろう。

奉行役宅の書院で鳥居家の用人、藤岡伝十郎が面談をした。

「御奉行は多忙にて、拙者が代わってお話を承りたいと存じます」

藤岡は水野の紹介状を豊斎に返した。

「御多忙な鳥居どのを前触れもなく訪れたのは、わしも不届きと存ずるが、直接鳥居どのに話をしたい」

堂々と豊斎は申し出た。

藤岡は無表情のまま、

「お気持ちはわからぬでもござらぬ。しかし、町奉行の役目に勘定奉行を兼ねておられます。それゆえ、寸暇を惜しむほどの役目の連続であるのです。どうか、ご理解を頂きたい」

藤岡は軽く頭を下げた。

「それはわかる。じゃが、そこを敢えて寸時を取ってもらいたい」

豊斎は重ねて申し出た。

「繰り返し申し上げるが」

藤岡がそこまで言った時、

「御多忙と申されるが、目下の急務は印旛沼普請、上知令の推進でござろう。その二つについて意見具申したいのでござる。きわめて、有用なる時と存じますぞ」

あくまで穏やかに豊斎は申し入れた。

「印旛沼普請と上知令でござるか」

思案するように藤岡は首を傾(かし)げた。

「沼津水野家の印旛沼普請所近くで起きた役人殺しについて、愚見もござるぞ」

豊斎は言った。

藤岡が、

「下手人をご存じなのですか」

藤岡は両目を大きく見開いた。

「見当はついておりますな」

「それは、どのような」

思わずといったように藤岡は身を乗り出した。

「それを鳥居どのに申したい」

豊斎は強い口調で言った。藤岡は気圧されるようにして身を仰け反らせた。

「急ぎ、鳥居どのに取り次がれよ」

豊斎は語調を強めた。

目を白黒させて藤岡は腰を上げ、部屋から出て行った。

待つほどもなく鳥居がやって来た。

憮然とした顔つきで座すなり、

「沼津水野家の印旛沼普請場の殺しについて下手人を存じておるそうじゃのう」

と、いきなり最も知りたいことを問いかけた。

「普請場に同道できれば、真相を明らかにしたいと存ずる」

豊斎は申し出た。

「わしの巡検に同道すると申すか」

不愉快そうに鳥居は顔を歪めた。

「さよう」

臆せず豊斎は言った。

「見ず知らずの浪人が巡検に加わると申すか。笑止じゃのう」

言葉通り、鳥居は嘲笑した。

「普請現場に同道し、普請についてもあれこれを具申できますぞ」

豊斎の自信は揺るがない。

「ほう、中々の自信じゃのう。水野さまの書面によると、上知令実施その他もろもろ話を聞き参考にせよ、とあるが、まずは、上知令につき申してみよ」

鳥居は言った。

「ならば、申し上げよう」

豊斎は貸金会所について説明を行った。

「ほう、貸金会所とな」

鳥居は興味を示した。

次いで、

「地子銭とは確かに有効であるな。それはよい」

「公儀は株仲間を解散させましたな。その結果、運上金、冥加金が入らなくなった。物の値が下がると思われたのでしょうがな」

豊斎は皮肉を込めて言った。物価を抑えるため、株仲間解散を進言したのは鳥居であった。それによって、収入が減ったのは確かなのだ。

「地子銭を徴収するには、江戸中の町人どもを把握する必要がありますな」

豊斎の言葉は鳥居の望むところであった。地子銭徴収を名目に町人の実態を完全に把握できるのである。いかにも鳥居が気に入りそうな企てである。

「面白い。早速、町役人どもを集めて、地子銭について話そう」

鳥居は乗り気になった。

「ところで、殺しであるが」

話題を印旛沼に向けた。

豊斎は静かに見返す。

「現地からの報告によれば、実に奇々怪々な殺しであるのじゃ」

まさかとは思うがな、と鳥居は言い添えた。

「おおよそ耳にしております」

豊斎は返した。

「印旛沼狒々の仕業とは思わぬがな」

再び鳥居は強調した。

「聞くところによりますと、三人の役人は雷に打たれて亡くなったとのこと。ということは、印旛沼狒々は雷を操ることができるのでしょうかな」

豊斎の問いかけに、

「馬鹿げたことを。印旛沼狒々などという物の怪は絵空事。雷を操るなど天神でもあるまいに」

鳥居は取り合わない。

「そういうことですな。下手人は何か仕掛けをしたのでしょう」

「どのような」

「それを現地で明らかに致しましょう」

さらりと豊斎は請け負った。

「しかと相違ないな」

釘を刺すように鳥居は語尾を強めた。

「間違いないですぞ」

豊斎は固く約束した。

「しからば、印旛沼への同道を許す」

勿体をつけるようにして鳥居は言った。

豊斎が帰ってから藤岡が入って来た。

「怪しげな男でござりましたな」

藤岡が言った。

「ふん、使い捨てにすればよい」

鳥居は薄く笑った。

「まこと」

藤岡も潜み笑いをした。

「それから、あの男はいかがした」

「間もなくやって来ると存じます」

「よし、庭に通せ」

「承知しました」

藤岡は去っていった。

「馬鹿めが、よう、集まりよる」

鳥居はほくそ笑んだ。

やがて、鳥居が待つ男、辛島銀次郎がやって来た。

辛島を座敷には入れず濡れ縁に控えさせた。雨脚が強くなり、横殴りの風とあって、辛島の背中に雨が降りかかる。羽織の肩や背中が黒い染みとなった。

「そなたか」

鳥居は座敷に座したまま語りかけた。

「辛島銀次郎でござります」

辛島は挨拶をした。

「辛島か。うむ、して、そなた、わしに是非とも売り込みたいことがあるそうじゃのう」

鳥居は語りかけた。

「はい、大いに買って頂きたいと存じます」

辛島は言った。

「よし、申してみよ」

鳥居が促すと、

「菅沼外記の首でござります」

声を大きくし辛島は答えた。

鳥居はにんまりと笑い、

「菅沼外記を仕留めるのか」

「いかにも」

「ほほう、それはうれしいのう。菅沼外記の居所を突き止めておるのじゃな」

鳥居は目を凝らした。

「まさしく。ただ、菅沼外記一人を殺すのみではありませぬ。外記とその配下の者、全ての息の根を止めます」

「それは頼もしいのう」

鳥居は何度もうなずいた。

「百両くだされ」

単刀直入に辛島は要望した。

「百両か」

意外にも安い、と鳥居は言い添えた。

しかし、

「手付金ですぞ。仕留めた後はもう百両を頂戴したい」

臆せず辛島は申し出た。

「なんじゃと」

鳥居は目をむいた。

「安く買わないで頂きたい」

辛島は目を凝らした。

「ふん、図々しい奴じゃ」

鳥居は吐き捨てた。

「腕に覚えがありますのでな」

「口先を信じて大金を出せと申すか。わしを舐めるな。よいか、さあ、菅沼外記の居所を申せ」

鳥居は突き出たおでこを光らせた。

「申して何とする」

辛島は鋭い声を発した。

「浪人なんぞの手を借りるまでもない。わが配下の者が菅沼外記と一党を召し捕る」

鳥居が言うと、

「町方に菅沼外記が捕えられるものか」

辛島は笑った。

顔を朱色に染め、

「黙れ浪人！」

鳥居は怒声を放った。

「図星を指され、動揺なさったか」

動ずることなく辛島は言った。

「おのれ」

激昂した鳥居だったが藤岡が必死で宥める。鳥居は肩で息をしていたが、

「よし、百両出してやる。それで、菅沼外記の居所を教えろ。それなら文句あるまい」

鳥居は落ち着きを取り戻した。

「何度申したらわかる。町方の手に負える者ではないのだ。それに、南町は印旛沼の普請所の見廻りに人数を割いておるではないか。今後も鳥居どのの巡検に随ったり、役人殺しの探索にも人数を割かねばなるまい。とても菅沼外記どころではないぞ」

辛島が指摘をすると、

「そんなこと、おまえに気遣いされなくとも心配はいらぬ」

鳥居は薄笑いを浮かべた。

「人の親切がわからぬか」

辛島も冷笑を放つ。

「菅沼外記の居所を申せ」

立ち上がり、鳥居は命じた。

呆れたように辛島が断ると、

「出会え」

鳥居は甲走った声を発した。

庭に中間がやって来た。突棒、袖搦、刺股といった捕物道具を手にしていた。

「仮牢に放り込め。しかる後、口を割らせる」

鳥居は冷然と言い放った。

中間たちは濡れ縁の辛島に迫った。

辛島は腰を上げて中間たちを見下ろした。

「おいおい、やめておけ。大事な手下を怪我させるぞ」

と、背中を向けたまま鳥居に言い放った。

「ほざけ」

鳥居は中間たちに、

「ぼうっとしておるな。早く捕えよ。怪我をさせても構わぬ」

苛立ちながらも命じた。

中間たちは辛島に捕物道具を向けた。鳥居の面前に出た辛島は丸腰である。それでも、微塵も恐怖心など抱く様子はなく辛島は両手で拳を作ると庭に降り立った。水溜まりに着地したため、中間たちに泥水が撥ねかかる。

それでも、突棒が繰り出された。

身軽な動作で辛島は避けると、拳を突き出した。突棒の柄が折れた。茫然とする中間の顔面を拳で殴る。中間は後方に吹っ飛んだ。

続いて辛島は袖搦と刺股を手にした中間に駆け寄り、左右の拳を各々の鳩尾に叩き込んだ。二人は膝から頽れた。

地べたに倒れた三人に無情の雨が降りかかる。瞬きするほどの間に辛島は三人を叩きのめしたのである。

「だから、申したであろう」

雨をものともせず、辛島は鳥居を見上げた。

鳥居は口を半開きにして立ち尽くした。

「わかってくれたかな」

再び辛島は語りかけた。

鳥居は二度、三度首を縦に振った。

「ならば、手付をもらっておこうか」

辛島が言うと、鳥居は藤岡を促した。

藤岡が濡れ縁に出て金百両を辛島に渡した。

「確かにもらった。これで、菅沼外記と一党を退治してやる」

辛島は請け負い、庭から歩き去ろうとした。それを鳥居が引き止め、

「その方、沼津水野家におったのじゃな」

「それがどうした」

辛島は訝しんだ。

「御家に遺恨はないか」

鳥居の問いかけに辛島は答えずに立ち去った。何か含むものがあるようだ。沼津水野家を追いつめる際使えるか考えよう。

「御奉行……よろしいのですか」

雨に煙る辛島の背中を見ながら藤岡が言った。

「うるさい。大体、おまえらが無能ゆえ、あんな浪人にいいようにされたのじゃ」

鳥居は藤岡に当たり散らした。

「も、申し訳ございませぬ」

藤岡はひたすら詫びた。こうした場合、下手な言い訳は却って鳥居の怒りを増幅させるだけである。

濡れ縁に額をこすりつけ、藤岡はひたすら謝罪し、鳥居の怒りが静まるのを待った。鳥居はかっかしていたが、やがて落ち着きを取り戻した。

「ま、よい。面白い手駒（てごま）が手に入ったのじゃ。事が成就するまでの駒と思えばよい」

鳥居は乾いた口調で言った。

「御意（ぎょい）にございます」

藤岡はほっと安堵した。

四

気を取り直し、鳥居は藤岡から印旛沼役人殺しの報告を聞くことにした。

「与力の笹川平助（ささがわへいすけ）が戻って参りました」

「通せ」

鳥居は辛島への怒りを封じ込め、笹川に向いた。

「下手人はわかったのか」

鳥居は責めるような口調で問いかけた。

「それが……」

笹川は額から汗を滲ませた。

「わからんのか！」

鳥居は不満顔で怒鳴った。

「下手人はわかりませぬが、奇妙な事実がいくらかわかりました」

おどおどしながら笹川は返した。

話せ、と鳥居は促す。

「殺された者たち、沼津藩の普請所に立ち寄ってから死に至ったのです」

笹川は印旛沼の普請図を開いた。

五つの大名家に割り当てられた持場が描かれている。各藩が各々の持場を管轄（かんかつ）するために普請所を設けていた。沼津藩は最も印旛沼に近い持場であった。

「三人は貯水池に落ちた所に落雷を受けたのです」

笹川は言った。

「そんなことはわかっておる」

不機嫌に鳥居は言ったが笹川はひるむことなく続けた。

「三人は貯水池に落ちたのですが、まず三人が一斉に沼に落ちるというのが解せませぬ」

笹川によると、三人は夜更けとなり、地元の農民の案内で自分たちの宿へと戻っていった。

「その農民たち、何処を捜しても見当たらないのです」

「下手人ということか」

「そうは決められません。というのは、雷で打たれた死に様であったからです。少なくとも人の仕業ではありませぬ」

毒を盛られたのでも、刃物による傷もなかった。

「雷に打たれたとしか思えなかったのです」

笹川は狐に摘まれたような顔になった。

「不可思議ではあるが雷に打たれることもあろう……三人同時とは異様ではあるがな」

鳥居も嫌なものを感じたようだ。

「これが最も不可思議なことなのですが、三人が殺された夜、雨は降っていなかったのです」

「なんじゃと……」

「雨でなかったばかりか星空であったとか」

笹川は言った。

「それにもかかわらず、雷に打たれたのか……いや、違う。印旛沼周辺は雨が降っておったそうじゃ。そなた、百姓どもに欺(あざむ)かれたのだ」

しっかりしろ、と鳥居は笹川を責め立てた。

「申し訳ございませぬ……とすると、何故百姓どもは星空だったなどと拙者を偽ったのでしょうか」

笹川は首を傾げた。

「わからぬな」

鳥居も謎めいている事件に、考えていたよりも深刻さが増してきた。

これはいよいよ大森豊斎の力を借りねばならないのか。

「まったく、おかしな一件です」

笹川は強調した。

「それで、印旛沼狒々を見た者はおるのか」

鳥居は声を潜めた。

「見た、と申した者たちに当たりましたが、詳(くわ)しく聞くと、みな、あやふやとなるばかりで、噂に惑わされてのことでした」

笹川は言った。

「この世に物の怪なんぞおらんに決まっておるが、すると、何者かがそんな出鱈目を流したということじゃな」

鳥居は断じた。

「そうだと思います」

笹川も合わせた。

「下手人がいるとして三人を殺した動機はなんじゃ」

鳥居は問いかけた。

「そこがよくわかりませぬ。三人は特に厳しく普請所に注文をつけたり、厳しく取り締まったりもしなかったのです」

「手がかりは」

ぶっきらぼうに鳥居は質した。

「三人を案内した農民どもです。沼津藩の普請所におりましたから、ひょっとしたら沼津藩と関わるかもしれませぬが……」

「調べたのか」

「一応は……」

もごもごと笹川は口ごもった。

「なんじゃ、沼津藩に遠慮して十分なる探索を行わなかったのか」

鳥居は不快に顔を歪ませた。

「はあ……」

鳥居は怒りを爆発させそうになったが、

「よし、わしが印旛沼に巡検する際にきっちりと調べてやる。そうか、沼津藩か」

「今度こそ、下手人を挙げてみせます」

笹川は決意を示した。

「うむ、その言葉、忘れるな」

鳥居は釘を刺した。

笹川は神妙な顔つきで下がった。

鳥居は藤岡に向き、

「さて、印旛沼巡検、急ぐか」

「では、準備を」

「その方も参れ」

鳥居が命ずると、

「承知しました」

藤岡は平伏した。

「さて、印旛沼には大いなる仕掛けが揃っておるようじゃな」

「仕掛けでござりますか」

「上知令の是非にも関わることぞ、そうじゃ、町年寄を呼べ……早い方がよい。明日に呼ぶのじゃ」

鳥居は命じた。


その晩のこと、外記は夜道を鏡ケ池の自宅へと急いでいた。

夕刻には雨は上がったが道は泥濘み、風は湿っている。

雑木林から四人の男たちが出て来て前途に立ち塞がった。揃って黒覆面で顔を隠し、覆面には三つ鱗の家紋が金糸で縫い取ってある。

「人違いではなさそうだな」

外記は身構えた。

四人は右手に巨大な鉄の爪が付いた手甲を嵌めた。

咄嗟に外記は雑木林に走り込んだ。

四人は追って来て手甲鉤を振り回した。後方で木々が倒れる音がした。

構わず奥に進むと、林の中にも怪しそうな男たちが潜んでいた。彼らは小刀を手に外記に迫って来る。外記は大刀を抜こうとしたが、枝を伸ばした木立の狭間とあって抜くことができない。

丹田呼吸をしようとしたところで、背後から手甲鉤が襲ってきた。

狭い樹間を縫うようにして外記は逃れる。

すると、焦げ臭い。

頭上から火の粉が降りかかる。

木々が燃え上がった。

炎が燃え広がる中、外記は敵と対峙しようとしたが敵の姿はない。火を付けて逃げ去ったようだ。

外記も雑木林から出ようとしたが燃え落ちた木が邪魔をする。

外記は袴を脱ぎ、小袖の裾を帯に挟んだ。次に袴を頭に被り、腰を落として林を進んだ。

すると、

「お頭、こっちです」

真中の声が聞こえた。

声の方を見ると炎は及んでいない。木々の隙間から真中が見えた。

外記は燃え盛る雑木林を脱した。

辛島銀次郎もいた。辛島と共に敵を追い払ったと真中から聞かされた。

「かたじけない」

外記は礼を述べた。

「いや、間に合ってよかった」

辛島は笑顔を見せた。

「一体、何者でしょうな」

真中は外記に聞いた。

「お心当たりはありませぬか」

辛島も問いかけた。

「襲われたのは二度目だ。黒覆面に三つ鱗の家紋が金糸で縫い取ってある」

外記が答えると、

「三つ鱗の家紋というと小田原北条氏ですな」

辛島は答えてから、

「鳥居甲斐守の配下の者の仕業では……いや、南町奉行所にあのような手練れの者はおらぬゆえ、雇い入れたのではござらぬか」

と、推測した。

真中が、やはりという顔になり、真中の代わりに外記が言った。

「そなた、わたしが菅沼外記ということを存じておるのだな」

と、問いかけた。

「存じております」

辛島は隠さず打ち明けた。

真中が身構えた。

「今は、とある筋から知らされ、外記どのをお守りせよとの指示を受けておる、としか申せぬ。おれなんぞが外記どのをお守りするというのは誠に僭越ではあるが、まあ、引き受けた次第だ」

辛島は言った。

「とある筋とは沼津水野家ですかな」

外記が確かめると辛島はそれには答えず、

「外記どの、印旛沼に行かれるな」

今度は外記が口を閉ざした。

「ならば、くれぐれも御用心なされよ」

辛島は一礼すると足早に立ち去った。

去り行く辛島の背中を見ながら真中が言った。

「黒覆面の敵、小田原北条氏所縁(ゆかり)の者たちなのでしょうか」

「まさか、小田原北条氏は滅んで二百五十年以上経(た)つぞ」

否定したが、敵の見当もつかない。

外記は帰宅の途(と)に就いた。

第三章　忍びの再興

一

明くる十二日の朝、鏡ヶ池の自宅に闇御庭番、村山庵斎（むらやまあんさい）がやって来た。

庵斎は小柄な外記とは対照的に、痩せた長身で、口と顎に真っ白な髭を蓄（たくわ）えている。外記より五つ上の五十六歳、三十年以上に亘る付き合いで、いわば外記の右腕で、表の顔は俳諧師（はいかい）であった。

「何かお役に立てることはございませんかな」

庵斎は暇を持て余しているようだ。

「目下の役目では手伝ってもらうことはないいな」

外記が返事をすると、

「わしはまだまだ働けますぞ」

年寄り扱いされたと思ったのか、庵斎は不満そうな顔をした。

「おいおい、勘繰るな。出番がくれば、必ず頼む」

外記が庵斎を宥めたところで、

「くず〜い」

という、青空に届かんばかりに朗（ほが）らかな声が聞こえた。

村垣与三郎が木戸から庭を横切って来た。浅黒く日焼けした顔は逞（たくま）しい。それは御庭番としての成長を物語っているようだ。

外記は庵斎と共に縁側に出た。庵斎は気を利かせて庭でばつの相手を始めた。小枝を投げ、ばつに咥（くわ）えさせる。

縁側に並んで腰かけ、村垣の土産でお茶を飲んだ。評判の今川焼（いまがわやき）だ。庵斎とばつの分は取り置いた。

「いつも厄介なご依頼で恐縮です」

村垣は軽く頭を下げた。

「なに、それが役目です」

外記はにこやかに返した。

恐縮して村垣は、

「実は上さまが危惧しておられることがあるのです」

これは将軍徳川家慶の密命ではなく、あくまで心配ごとである、と慎重な物言いをした。

外記は「承知しました」と話の続きを促す。

「上さまは、土井大炊頭さまの身を心配しておられます。水野さまが推進しておられる上知令に土井さまが反対しておられるからです」

「水野さまが土井さまを排除しようと画策しておられる、と上さまは憂慮しておられるのですな」

外記の推測に村垣はうなずいてから、

「それにつきまして、拙者に考えがあるのです」

と、声を上ずらせた。

外記は黙って話をするよう促した。

「水野さまは土井さまを陥れようとなさるでしょう。いえ、既に何ごとか企てておられるかもしれません。企てを行うのは鳥居さまだと思います。ところで、昨今、水野さまと鳥居さまの間はぎくしゃくしておるようです。鳥居さまの献策で始めた印旛沼普請が難航し、上知令もままならぬとあって、お互いの信頼は薄れておるとのこと。そこで」

と、村垣は言葉を区切った。

外記は黙ってうなずいた。

それを賛同と受け止めたのか村垣は勢いづいた。

「土井さまの処遇を巡って、水野さまと鳥居さまを仲違いさせるのです。鳥居さまを土井さまに寝返らせるというのはどうでしょう」

「面白いお考えですな」

思案を巡らせながら外記は答えた。

「鳥居さまは面従腹背のお方です。水野さまに従っているのは、水野さまが老中首座として公儀の政を主導しておられるから。力が弱まり、つまり、上知令を巡って旗色が悪くなればご自身の身を守るため、水野さまに従うふりをして裏切るのは必定です」

ここで賛同を求めるように村垣は言葉を止めた。

「上知令に反対する大名、旗本方の声は高まっておると聞きますが」

外記が確かめると、

「上知令の対象となっている大名、旗本方だけではなく、多くの大名、旗本方が反対の立場を取っておられますな。それは、水野さまの強引な手法への不満と、ご自身の遺恨を政に持ち込むやり方への大いなる反発です」

村垣は印旛沼の手伝い普請に庄内藩酒井家と沼津藩水野家を加えた一件を言い添えた。

改革を大義名分とする水野の政への不満は外記の予想を超えて激しいようだ。

「鳥居さまは機を見るに敏、こうした大名、旗本方の声を無視はなさらないでしょう」

村垣の言う通りだ。

「おっしゃったように、鳥居さまが土井さまに奔れば上知令は頓挫、水野さまは責任を取って政から身を退くことになりますな」

外記の賛意を受け、

「その通りです」

村垣は声を弾ませた。

「問題は土井さまと鳥居さまの関係ですな。鳥居さまが水野さまの右腕であることは周知のこと。土井さまは鳥居さまを警戒しておられましょう」

外記が指摘すると、

「そこで、土井さまから鳥居さまに誘い水をかけて頂く……いえ、土井さまはご自分から鳥居さまに近づかれないでしょうから、大変に心苦しいですが、策を用いて」

村垣は庵斎に視線を向けた。

庵斎はにこやかにぼつを抱き上げている。

庵斎から外記に視線を戻し村垣は言った。

「土井さまは俳諧がお好きなのです。明日、日本橋の料理屋、花膳で句会を催されます」

村垣の意図を察し、

「なるほど」

外記は引き受けると答えた。

村垣は一礼してから居住まいを正した。その畏まった態度に外記も背筋をぴんと伸ばす。

「上さまは上知令を大層憂慮なさっておられます。また、水野さまの政にもいよいよ以て危うさを感じておられます。上知令は日々反対の声が大きくなっております。大名、旗本方ばかりか、幕閣、更には大奥からも上知令撤回を求める声が上さまに寄せられておるのです」

幕閣では二人の老中土井利位と堀田正睦が反対の立場を鮮明にし、鳥居を除く町奉行、勘定奉行全員が上知令撤回すべしという立場であるとか。更には大目付、目付の多くも不賛成、奥向きの役職者である側用人、御側御用取次の面々も水野に従う者は少ない。

大奥も公然と反対の立場を取り、御三家の紀州徳川家からは撤回を求める意見書が家慶に奏上された。

「上知令を推進するのは、鳥居さまの他には側用人の堀大和守さま、目付の榊原主計頭さまくらいです。にもかかわらず、水野さまは強引に上知令を進めようとしておられます。また、印旛沼普請での庄内酒井さま、沼津水野さまへの意趣返し（いしゅがえ）のような手伝い普請……上さまは水野さまが政を担うことの限界を感じておられます」

村垣は家慶の苦悩を伝えるように眉間に皺を刻んだ。

水野、鳥居のやり過ぎにお灸を据えるために家慶は外記を闇御庭番とした。ところが、お灸を据えるだけではすまない暴走を水野は始めたのだ。

鳥居や少数の上知令推進派が反対派に回れば、水野は上知令撤回を受け入れると同時に老中職を辞することになる、と村垣は見通した。それは家慶の考えでもあるようだ。

「水野さまが老中を辞されたなら、上さまは外記どのを公儀御庭番に復職させる、とお考えです」

村垣は表情を柔らかにした。

「それは……畏（おそ）れ多いお気遣いですな」

外記は深々と頭を下げてから、

「今は与えられたお役目に邁進（まいしん）いたします」

と、言い添えた。

「上さまは楽しみにしておられます」

励ましの言葉を言い置き、村垣は帰っていった。

村垣が帰ってから外記は庵斎と鳥居寝返りについて話をした。庵斎は自分の出番を喜んだ。

「句会に出席し、土井さまの句を手に入れましょう」

庵斎は贋文書作成の名人である。筆跡をそっくり真似、しかもその人物の心情、人柄を汲み取った内容の文書を偽造する。

また、俳諧師として名は通っているため、あちらこちらの句会に顔を出し、飛び入りでも拒まれることはない。

「とはいえ、土産が欲しいところですな」

と、庵斎が顎鬚を撫でたところで、

「お頭、メイタガレイですよ」

折よく義助が天秤棒を担いで入って来た。

「土産ができますな」

庵斎はにやりとした。

「義助、明日、鯛は手に入るか」

外記が問いかけると、

「いい甘鯛を手に入れますよ。目下三尺（約九十一センチ）の大きな鯛を持ってきますんでね、楽しみにしてくださいよ……お頭、何か祝いごとがあるんですか」

義助は外記と庵斎の顔を交互に見た。

二人が答える前に、

「ああ、そうか。お勢姐さんと真中さんがいよいよ祝言を挙げなさるんですね。そりゃ、めでたい、大いに祝わなくっちゃ。目下三尺どころか、四尺、五尺、いや、くじらみたいにでけえ鯛を持ってきますぜ」

早合点をして義助は捲し立てた。

外記は肩をそびやかし、

「真中にそんな度胸があったらのう」

と、失笑を漏らした。

「度胸ですか……」

義助は首を捻った。

庵斎が、

「お頭は真中さんにお勢ちゃんを口説いて欲しいのじゃがな……」

「するってえと、真中さんとお勢姐さんの祝言はまだってこってすか」

困惑して義助は問い返した。

「祝言どころか、夫婦約束もいつになるやら、だ」

外記は渋面を作った。

「なら、何の祝いなんですか」

改めて義助が問いかけると、

「祝いではないのじゃよ」

庵斎が役目だと言い、明日、日本橋の花膳で開かれる土井利位の句会に参加するために鯛を持参したい、と説明した。

「なんだ、そうだったんですか。お安い御用ですよ。見映えのいい甘鯛を届けますぜ」

義助は自信満々に請け負った。

次いで、

「早く真中さんとお勢姐さんの祝言に祝いの大鯛を届けたいですよ」

義助が言うと外記も庵斎も、「そうだ」とうなずいた。

村垣の言葉が思い出される。

水野が退陣したら、家慶は外記を公儀御庭番に復職させるそうだ。ありがたいが、村垣から告げられた時、今一つ心が動かなかった。水野が未だ老中の地位にあるという現実が御庭番復職を実感させない。水野との暗闘に緊張を欠いてはならない、という気持ちもあるが、菅沼家の事情も脳裏をかすめたのだ。

跡継ぎがいないのでは、公儀御庭番を担う資格はない。真中正助には菅沼家伝来の秘術、「気送術」は伝授した。後継者としての技量は申し分ないのだが、真中には親として一人娘を託せる度量を持ってもらいたいのだ。

真中とお勢が夫婦になれば、公儀御庭番への復職は喜びもひとしおとなるだろう。

翌十三日、庵斎は義助を伴って日本橋の花膳にやって来た。裏口から入り女将に土井利位の句会に出席したいと申し出て、

「これは土産です」

と、義助を見た。

義助は肩から天秤棒を外し、二つの盥を女将に見せた。各々の盥には目下三尺はあろうかという甘鯛がある。光沢のある薄紅色の鱗に覆われ、いかにも食欲をそそる。

「まあ、こんな立派な鯛、久しぶり」

女将は感激の声を上げた。

義助は微笑みながら、

「これはね、焼いてよし、煮てよし、蒸してよしですからね。ああ、そうだ。一尾は尾頭付きの塩焼き、もう一尾は刺身、蒸し物、揚げ物、それから余った身を使って椀にしますよ。台所を拝借してあっしが料理をやりますぜ」

と、申し出た。

「悪いわね。じゃあ、甘えようかしら」

上機嫌となった女将は土井さまに取り次ぐと庵斎にお辞儀をした。

庵斎は恭しく巻物を差し出した。自家製の日本俳諧師の師弟関係図である。足利の世に活躍した山崎宗鑑を起点とし、徳川の世に入ってから松永貞徳、西山宗因、井原西鶴、松尾芭蕉、与謝蕪村、小林一茶の名が書き連ねられ、最後に、「村山庵斎」の名が記されていた。

著名な俳諧師の名が記されているが、そのあいだに聞いたこともない、もっともらしい名前が書かれている。作風も流派もばらばらの有名俳諧師を無理やり繋いである。大名家の系図と同様、もっともらしく偽造された系譜であった。

この巻物を庵斎は句会に持ち込んでは、自分が日本の俳諧文化を正統に受け継ぐ者であるとてらいもなく吹聴してきたのだ。

女将は巻物を受け取り奥に引っ込んだ。

「美味そうじゃな」

庵斎は目を細めて甘鯛を見下ろした。

待つほどもなく女将が戻って来て、庵斎を句会の席に案内した。

二

その頃、お勢は日本橋芳町にいた。

稽古所に通っていた商人から、奢侈禁止令で稽古所が閉鎖になって稽古ができないので自宅に来てくれ、と頼まれたのだ。

その帰途、口入屋の河内屋の前を通りかかった。芳町には様々な奉公先を斡旋する口入屋、いわゆる桂庵が軒を連ねている。口入屋は店の中に湯屋の番台のような一段高い場所があり、そこに立った店の者が奉公先を読み上げて希望者を募る。

河内屋の店先は大勢の男たちで溢れている。

不景気だが、河内屋に限らず口入屋は繁盛をしている。印旛沼掘割普請の人夫の応募が引きも切らないのだ。口入屋ごとに印旛沼普請に携わる五つの大名家の御用達を軒先に掲げていた。

印旛沼普請が始まった当初は、難工事と噂されている沼津藩と庄内藩は他藩に比べ人夫の集まりがよくなかった。

そこで、賃金の上乗せがなされるようになった。印旛沼普請は幕府が主導しているため、賃金は幕府によって定められている。従って、表立っては割高の賃金を謳えないのだが、河内屋はお構いなしだ。

町奉行所も河内屋の賃金に口出しはしない。印旛沼普請の責任者たる鳥居耀蔵が普請の遅れを取り戻そうと、幕府の定めよりも高額の賃金に目を瞑っているのだ。それに、賃金を払うのは沼津藩、幕府の腹が痛むわけではない。

噂は広まるようで、沼津藩御用達の口入屋である河内屋の前は応募者で賑わっている。応募にやって来た大人たちの中にあって、一人の男の子が背伸びをしながら河内屋の中を覗いていた。河内屋に用事があるようだが、大勢の大人たちに阻まれて困っているようだ。

「坊や、どうしたの」

気になってお勢は声をかけた。

「おっとうに用があるんだ」

少年は強い口調で答えた。

お勢は左脇に三味線を抱え少年の前に屈（かが）んだ。間近に見る少年の顔は憔悴している。

「おとっつぁん、河内屋さんで働いていなさるのかい」

お勢が確かめると、

「印旛沼に行ったんだ」

少年が答えると大勢の男たちがやって来ていかにも邪魔なようだ。

「団子でも食べようか、それともお汁粉（しるこ）がいいかい」

お勢は腰を上げる。少年はこくりと首を縦に振った。

目についた甘味屋（かんみや）に入った。

少年は定吉（さだきち）、八つだそうだ。お勢も名乗り、お汁粉を頼んだ。すぐにお汁粉が運ばれて来る。まずは、お汁粉を食べることにした。

一口食べると定吉の表情が柔らかくなった。

よほど腹が空（す）いていたのか、定吉は一言も口を利くことなく、あっという間にお汁粉を食べ終えた。

「もう一杯、食べたらいいよ」

お勢が勧めると、

「うん」

力強く定吉は首肯した。お勢もうれしくなった。二杯目のお汁粉を食べ終えたところで定吉から話を聞くことにした。

「おとっつぁん、どうかしたのかい」

お勢の問いかけに、

「印旛沼に行って帰って来ないんだ」

定吉によると父親の幸吉は印旛沼に仕事に行った。幸吉は大工であるので、掘割の開削作業ではなく、沼津藩の普請所の建屋の造作に携わったそうだ。

普請所は造作が成ったのだから、幸吉は戻って来てもいいのだが、一向に帰って来ない。定吉は心配になり、河内屋に問い合わせているのである。

「おっかさんはどうしたの」

「おっかあは、患っているんだ」

母親のお幹はこの十日、寝たきりだそうだ。

「沼津のお殿さまに問い合わせようか」

お勢は言った。

「ほんと、そんなことできるの」

定吉は目を輝かせた。

「任しておいて」

お勢は請け負った。

折よく、外記は沼津藩の御用方頭取、神谷宗太郎から印旛沼狒々の探索を依頼されているのだ。外記を通じて沼津藩に問い合わせれば、幸吉の所在は確かめられるだろう。

定吉の期待に応えてやりたい。

「おっとうはお汁粉が大好きなんだ。仲間からは大工のくせして甘い物が好きとは女々しい、なんて馬鹿にされているって言ってたけど、大工は甘い物を食べちゃいけないのかな……だったら、おいら、大工になんかなりたくないよ。それに、男は甘い物を好きになったらいけないのかな」

素朴な疑問を定吉は投げかけてきた。

お勢は首を左右に振り、

「そんなことはないわよ。女だって辛党もいるもの。お姐ちゃんの親父さんもお酒は苦手で甘い物好きよ。毎日のように大福とか団子とか饅頭を食べているわ」

と、返すと、

「そうだよね」

定吉は笑顔になった。

帰宅すると、外記が来ていた。

相州屋重吉の扮装ではなく、素顔のままだ。

「近々、印旛沼に発つ」

外記は告げた。

「その印旛沼普請についてなんだけどね」

お勢は引き受けた定吉の父親、幸吉捜しの一件を頼んだ。

「わかった。すぐに、神谷どのに問い合わせてみる」

外記は応じた。

「じゃあ、父上、神谷さまに会いに行くから、紹介状を書いておくれな」

お勢が頼むと、

「わしが行こう」

外記は言った。

「おや、そうしてくれるとありがたいわ。女のあたしが大名家の御用方頭取さまを訪ねてゆくのは不自然だもの」

お勢は礼を言った。

「ならば、善は急げ、だ」

外記は沼津藩邸を訪れることにした。

外桜田にある沼津藩の上屋敷にやって来た。素性を明かし、神谷宗太郎への面談を求めるとすぐに通された。

長屋門から御殿の玄関までを貫く石畳に夕陽が差し、赤松が風にそよいでいる。石畳の所々が破損し、赤松の手入れが行き届いていないのが、沼津藩の窮状を窺わせもした。

玄関脇の控えの間で外記は神谷を待った。

待つほどもなく神谷はやって来た。

今日は裃に威儀を正している。外記はまず印旛沼へ旅立つことを伝えた。

「丁度、良かった。発行できたばかりの手形でござる」

神谷は手形を外記に渡した。

沼津藩の普請所までの道中手形であり、これで正々堂々と印旛沼まで旅ができる。また、外記を沼津藩公用方の家臣としてあるため、普請所内を自由に出入りできる。外記への神谷の期待が伝わってきた。

「ところで、普請所で働いた大工の所在を捜しておるのです」

定吉の父、幸吉について問い合わせた。

神谷は首を捻ってから、

「普請所の造作はとっくに終わっておりますから、当家としては携わった大工、人夫は帰したはずでござる」

と、答えてから念のために調べてきます、と控えの間を出ていった。

容易な事態ではないような気がする。

程なくして、神谷は数冊の帳面を持って戻って来た。印旛沼普請に関する日誌や出費の明細、雇い入れた者たちの名簿などだ。名簿を捲りながら神谷は幸吉の名を追った。名簿は大きく二つに分かれている。一つは沼津藩の国許から連れて来た者、もう一つは口入屋、河内屋の斡旋で雇い入れた者である。

神谷は河内屋から斡旋された名簿を手繰り、

「ああ、この者ですな」

と、外記に見せた。

大工幸吉の名前と共に神田相生町一丁目の住まいが記されている。三月三日から七月二十日まで沼津藩の普請所で仕事をしていた。

神谷は日誌に目を通した。

「特に事故なども起きておりませぬな。怪我人の中にも幸吉はおりません」

仕事を無事に終えて帰ったはずだと、神谷は言った。

次いで、

「当家の普請所を出てから江戸に帰るまでに何かあったのではござらぬか。まとまった金子を手にし、悪所で遊興に耽っておるのかもしれませぬぞ」

外記の心配を和らげようとしてか、神谷は笑みを浮かべた。

「そうかもしれませぬな」

外記は礼を言って沼津藩邸を立ち去った。


外記がいなくなってから二人の男が入って来た。大森豊斎と辛島銀次郎である。

神谷が、

「豊斎先生、先生の方策の通り、事が運んでおりますぞ」

と、語りかけた。

続いて辛島が、

「沼津党復興の好機到来ですな。沼津党は風魔の流れを汲む、沼津に根を張った忍び組です」と、懐中から黒覆面を取り出すと金糸で縫い取られた三つ鱗を見た。風魔は小田原北条氏に仕えていた。沼津党は風魔の誇りを失わないよう小田原北条氏の家紋を受け継いだのだ。

辛島の話を神谷が受け、

「当家において忍びの役目を担ってきた沼津党は忠成公の頃に解散させられた。家老土方縫殿助どのが公儀の御庭番を使いこなしたことで無用とされたのだ」

水野忠成は十一代将軍徳川家斉の絶大なる信頼を得て幕政を主導した。大胆な貨幣改鋳で幕府の台所を潤し、家斉の豪奢な暮らしを支えた。大奥に潤沢な予算が振り向けられ、大奥から商人に金が流れ、江戸は好景気に沸いた。

その結果、庶民文化が花開き、人々は泰平(たいへい)に酔った。こうした世の中を見て、土方は自藩に忍び組を抱える必要はないと判断し、沼津党を解散したのである。

二十年前、文政六年（一八二三）のことであった。

昨年、沼津党の流れを汲む神谷宗太郎と辛島銀次郎は沼津党復興に動いた。辛島は藩主忠武に直訴(じきそ)して容れられず、沼津藩を去った。

ところが、水野忠邦に三河の新田開発、印旛沼の手伝い普請を命じられるに及び、情報収集能力の不足を言い立てる声が藩内に起こった。

その声に後押しされるように、神谷は再度沼津党復興を企てた。復興するに当たって、

「土方どのが使っていた公儀御庭番菅沼外記とその一党を葬り去り、その上で当家に煮え湯を飲ませた水野越前守を幕政から追う」

という目標を神谷は立てた。

外記に勝つことで沼津党の威信を示そうとしたのだ。辛島銀次郎は沼津党一の兵法者であり、残党を束ねていた。解散になった沼津党の面々の兵法指南を行った。

「菅沼外記と闇御庭番どもは辛島、水野越前失脚は豊斎先生にお任せ致す。このこと、改めて申す」

神谷は豊斎と辛島に伝えた。

「沼津党の者どもに菅沼外記の力量を計らせております。土方どのが信頼しただけあって凄腕ですな。外記は何者に襲われるのか疑念を抱いておることでしょう。印旛沼におびき寄せて始末するのが楽しみです」

辛島は自信を漲らせた。

「水野越前と鳥居甲斐を共倒れにしてやります。水野越前、わしの献策に飛びつきおった。貸金会所も蝦夷地開拓、それに蝦夷地開拓に伴う古河藩土井家の蝦夷地への転封などとい

う大反発必至の策に乗ったのじゃ。上知令も印旛沼普請もうまくいかず、よほど焦っておるのじゃな。それに、水野の欠点であろうが政敵に対し、私情を挟み過ぎる。私情は政を誤らせ、自らの墓穴を掘るものじゃ」

淡々と豊斎は持論を語った。

「これから仕上げですな」

神谷は両手をこすり合わせた。

そんな密談が持たれているとは露知らず、外記は定吉の父のことを早くお勢に報せてやろう、と道を急いだ。

外記はお勢の家にやって来た。

夜の帳が下り、虫の鳴き声が郷愁を誘う。夜空を十三夜の月が彩り、お勢が「ちょっと早いけど」と断りを入れて三方に載せた餅を用意した。

母屋の居間で沼津藩邸での神谷とのやり取りを話した。

「じゃあ、沼津藩の普請所を出て江戸に帰る途中で問題が生じたってことかね」

お勢は思案をした。

「簡単に請け負ってしまったけど、こりゃ、難儀(なんぎ)だね」

安請け合いをした自分をお勢は責めた。

「今更、悔いても仕方あるまい。わしも捜すが、果たして見つかるか」

外記にも自信がない。

見ず知らずの男である。おまけに馴染(なじ)みのない土地で人捜しがうまくいくとは思えない。

「あたしも捜しに行くわ」

お勢は言った。

外記は止めなかった。

「捜すとなったら、人相書きが必要ね。春風(しゅんぷう)さんに頼んで描いてもらうわ」

お勢の考えに、

「それがよい。わしにも一枚持たせろ」

外記の頼みにお勢は任しておいて、と引き受けた。

「それにしても、印旛沼にはつくづく厄介ごとが重なるものだな」

外記はため息を吐(つ)いた。

三

明くる十四日の昼、お勢は外記配下の闇御庭番小峰春風と共に、定吉の父、幸吉の似顔絵を描かせようと、先日の甘味屋に入った。

春風は口と顎に真っ黒な髭を蓄え、黒の十徳に身を包んでいる。表向きの顔は絵師であった。絵は独学だが、その写実的な画風は人であろうと建物、風景であろうと正確無比に描き出すことができる。

「小峰春風さんよ。春風さんは有名な絵師なの。それでね、おとっつぁんの似顔絵を描いてもらうわ。似顔絵を持って、捜しに行くから」

お勢の言葉に、

「お姐ちゃん、本当に印旛沼に行ってくれるんだね」

定吉は期待に目を輝かせた。

お勢は強く首を縦に振った。

おもむろに定吉は幸吉の特徴を語り出した。

幸吉は痩せていて、赤ら顔だそうだ。眉は太く、鼻は低い。唇の横に小さな黒子がある。

春風はすらすらと筆を走らせて絵を描き上げ、定吉に見せた。定吉は首を捻る。

「似てなかったら、ちゃんと言った方がいいよ」

お勢に言われ、鼻と目が違うと定吉は言った。春風は嫌がることなく、定吉の注文を丁寧に聞き、再び描き始める。顔の輪郭、髷の形など一々確かめながら筆を進める。定吉も緊張が解れたようで、遠慮なくはきはきと注文をつけた。

何枚か描き直した挙句、

「おっとうだ」

定吉の満足ゆく似顔絵になった。

春風はうなずくと、すらすらとした筆運びで十枚ばかりを描いた。描いた似顔絵に寸分の違いもないのが春風の器量であった。

「さすがだね、春風さん」

お勢が褒めると春風は渋面となった。

「おや、気に障った……皮肉じゃないよ。素直に褒めたの」

お勢が言うと、

「いや、そうではないのだ。わしの描く絵はな、似ているが味わいがない、と評されるのだ。それにな、嘘偽りを描けない。それがな、どうもお気に召さないご仁がおる。わしの絵がどうも売れないのはその辺のところにあるのかもしれないな。いや、きっとそうだが、どうにも不正直に描くことはできんのだな、これが」

春風は愚痴を言った。

旗本や大店の商人から呼ばれ、夫人や娘を描くことがある。要領のいい絵師だと本人と似ても似つかないことはないが、かなり修正を加えた絵に仕上げるのだ。

「まあ、わしも暮らしのためと割り切って実際よりも下駄を履かせた容姿に描くよう心がけるようになったが……絵師としての矜持を捨てておるようでな、気がとがめるのじゃ」

春風は肩をすぼめた。

「それが春風さんの良さよ」

お勢は慰めた。

「今更、画風を変えられんし、商いで絵を描く際にはそれで良しとするか」

ふっ切れたように春風はお汁粉を食べ始めた。

お勢は定吉に向き、

「これを持って、印旛沼に行ってくるからね」

と、微笑みかけた。

「おっとう、見つかるかな」

不安が過ったのか、定吉は首を捻った。

「見つかるわよ」

根拠のない見通しだが、お勢はそう言わずにはいられなかった。定吉はうつむいていたが、やがてがばっと顔を上げて言った。

「女ができたんだって」

少年の口から意外な言葉が発せられ、お汁粉を食べていた春風はむせ返ってしまった。お勢も口を半開きにした後、春風の背中をさすりながら、

「お水……お水をくださいな」

と、大きな声で台所に呼ばわった。主人が慌てて水が入った丼を持って来た。春風は真っ赤な顔で受け取ると両手で丼を抱えるようにして水を飲んだ。

「あ〜っ、びっくりした」

人心地ついて春風は定吉を見た。

当の定吉はきょとんとしている。

「定ちゃん、女ができたって……何のことかしら」

お勢は、定吉が言葉の意味をわかっての発言なのか首を捻りながら問いかけた。

「長屋のおばさんたちが言っていたんだ」

どうやら、同じ長屋の女房連中のやり取りを耳にしたようだ。印旛沼に行ったまま帰って来ない幸吉について、女房たちは洗濯をしながら好き勝手に噂をしていたのだろう。井戸端会議の話題と、聞き流せばよいのだが、春風が真顔になったように、可能性は否定できない。

印旛沼の普請場内では幕府は賭場などの遊興を禁じている。しかし、大っぴらな遊女屋は構えられておらずとも、飯屋で酒も出せば酌婦も置いている。そうした酌婦と幸吉がねんごろになったとしても不思議はない。

「おとっつぁんは腕が上々なんだろう」

お勢は言った。

「おっとうは江戸一の大工なんだ」

定吉は胸を張った。

大工仲間は印旛沼から既に帰っている。仲間の話だと幸吉は細工物が得意だそうだ。このため、普請所の小屋や建物の普請以外にも鎮守や舞台の普請に携わり、仲間たちより遅れて帰る予定であったのだ。

沼津藩は最も長い距離を持場としている。人夫の数は多く、彼らは辛い肉体労働を強いられていた。幕府は普請所内の食事は質素であれ、と指示している。粗食で重労働を強いられる人夫たちの慰めにと芝居の舞台を設けた。時折、旅芸人一座を招いて芝居を催す。その舞台作り、回り舞台やせり上げを幸吉は担ったそうだ。

「ねえ、女ができたってどういうことなんだい」

母親に聞いても教えてくれなかったと定吉は不満顔で言い立てた。

「それはね……」

お勢はどう話していいのかわからず、口ごもってしまい、

「春風さん、どういうことかしらね」

と、春風に振った。

春風はお勢を睨み返した後に笑顔を作り、

「おっとうは男前だなあ」

似顔絵を見ながら言い、

「定吉も大きくなったら、おっとうみたいに男前、そして腕のいい大工になるだろう。そうなれば、自ずとわかるのだぞ」

もっともらしい顔で言った。

定吉は小首を傾げたままであったが、

「おっとうを見つけてね」

と、重ねて頼んだ。

春風はうなずくと、

「ああ、そうだ。おっとうにな、文を書くのだ。おっとう、喜ぶぞ」

春風に紙と矢立の筆を渡されたが、

「おいら、読み書きは苦手だ。へたな字だし……」

と、拒んだ。

お勢が、

「へただって構わないわよ。さあ、何か書いて」

と、強く勧めた。

「なんて書けばいいんだよ」

定吉は紙を睨んだ。

「帰って来てって書いたらいいんじゃない。おっかさんと待っているって」

お勢が言うと、

「じゃあ、お姐ちゃん、書いてよ」

定吉はお勢を見返した。

「わたしが書いても意味がないでしょう。定ちゃんが書くから、心が通じるのよ」

お勢は説得した。

定吉は口をへの字に引き結んで筆を取ると、紙に向かった。たどたどしい金釘文字が綴られる。

「おっとう、おっかあとまっている　はやく、かえって　さだ」

それだけである。

読むに困る文字であるが、父親ならば定吉の気持ちが伝わるはずである。

「じゃあ、これ、お姐ちゃんがきっとおっとうに渡すからね」

お勢は受け取ると、

「どれ」

春風は定吉から筆を受け取り、紙にすらすらと定吉の似顔絵を描いた。

「おじさん、絵が上手いねえ」

定吉は感心して自分が描かれた絵に見入った。

定吉と別れてからお勢は一八と合流し、日本橋本石町の読売屋、正直屋善太郎を訪ねた。印旛沼まで旅するとなると、お勢一人では心もとない。印旛沼普請の現場で幸吉を捜すには善太郎が主宰している印旛沼狒々講に加わるのが好都合だと判断したのだ。

正直屋は読売の他に草双紙、錦絵なども店頭に並んでいる。一八によると、奢侈禁止令が出るまでは正直屋は春画の品揃えが豊富であったそうだ。

「正直屋は男女の営みを正直に売っております、と善太郎は言っていたでげすよ」

一八は下卑た笑いを浮かべた。

「とんだ、正直者だね」

呆れたように言い、お勢は店を見やった。

これでもか、というほどに印旛沼狒々をネタにした草双紙、錦絵が描かれていた。何となく、その一冊を手に取る。『印旛沼狒々考察』と題された書物で、印旛沼狒々に関する学問的考察がなされていた。

飛ばし読みに目を通すと、印旛沼狒々は雷神と平将門の霊が合体した怪獣だそうだ。眉唾を通り越した絵空事で、腹を立てるより笑ってしまう。

錦絵は印旛沼狒々を毒々しく描いたり、宮本武蔵や塚原卜伝と対決した様子などを描いている。

善太郎は臆面もなく印旛沼狒々で商売をしているのだ。

すると、

「善太郎ですよ」

一八が囁いた。

「おや、あだっぽいお方だねえ。素人じゃないと見た。ははーん」

善太郎が馴れ馴れしい口調で声をかけてきて、お勢の頭から爪先まで舐めるように視線をはわせ、下駄から覗く爪に注目した。お勢は爪に紅を差している。辰巳芸者であった母、お志摩の影響だ。辰巳芸者は意気と侠気を売り物とし、宴席では男装を真似て羽織を重ねた。それでも、女であることを忘れないために足の爪に紅を差しているのだ。

善太郎はお勢の足の爪を見て、

「小粋な辰巳芸者のお姐さんだね」

と言ってから、一八に視線を移した。見るからに幇間の格好をした一八をお勢が連れているのを確かめ、善太郎は自分の見通しを確信したようだ。

対してお勢は、

「おあいにくさま。あたしは常磐津を教えているの」

すると善太郎は自分の額を手で叩き、

「こりゃ失礼しました。でも、小粋な生業に違いはないですね」

何を差し上げましょうか、と印旛沼狒々の錦絵を何枚か手に取った。

「繁盛していらっしゃいますこと」

お勢は店内を見回した。

「正直、正確、正道を信条としておりますので、そこがお客さまに受け入れられておるのでしょう」

抜け抜けと善太郎は言った。

「さすが、正直屋さんでげすよ」

一八が扇子を開いて善太郎をぱたぱたと煽いだ。

「それで……今日は」

善太郎が用件を確かめてきた。

お勢はちらっと一八を見た。

一八が、

「印旛沼狒々講でげすよ」

と、言った。

善太郎は満面の笑みを浮かべ、

「十人を募集しておりましたんですがね、あいにくと十人が集まってしまったんですよ」

「へ〜え、世の中不景気だっていうのに……確か参加賃は二十両でげすよね」

一八が言うと、

「そうなんですよ。いえね、あたしも、二十両で集まるのかなって懸念していたんですよ。それが、あっと言う間に集まりました。恐い物見たさっていうんですかね。一目印旛沼狒々を見たいってお人がいるんですよ。江戸っ子は物見高いですからね」

善太郎は笑った。

お勢が、

「印旛沼狒々を見られなかったらどうするのですか」

「見られます」

自信たっぷりに善太郎は答える。

「どうして、そんなことが言えるのですか」

お勢は問いを重ねた。

「あたしはですよ、印旛沼狒々の棲み処を知っているんですよ」

真顔で善太郎は答えた。

お勢は、驚きを通り越して笑いがこみ上げてきたが舌を噛んで我慢する。

対して、

「へ〜え、こりゃ驚いた」

一八は両手を叩いた。

「じゃあ、善太郎さんは印旛沼狒々を見たことがあるのね」

冷静になってお勢が確かめると、

「ありますよ」

けろっと善太郎は肯定した。

「よく雷に打たれなかったわね」

感心したようにお勢は問いかけた。

「あたしはね、印旛沼狒々の贔屓筋ですからね。憎まれたり、嫌われたりはしておりませんよ」

平気で嘘を並べる正直屋善太郎にお勢は呆れながらも、これだけの図々しさがなければ読売屋は務まらないのだろうと思った。

「ま、今回は講には参加できないですが、次も予定しますんでね、期待していてくださいよ」

あくまでけろっと善太郎は言った。

ここで一八が、

「講の客じゃなくって、賑やかしとして講に加えて頂けませんかね」

と、頼んだ。

「賑やかしっていいますと」

善太郎はお勢を見た。

「三味線、小唄、お聞かせしますよ」

お勢は三味線を弾く真似をした。

「やつがれは、何かと便利遣いができるでげすよ。宴席を盛り上げます」

一八も自分を売り込んだ。

「道中、退屈させませんよ」

お勢は言い添えた。

「それは、楽しいかもしれないね」

善太郎は思案を始めた。

「講に参加したみなさん、二十両も払うんですから、道中も退屈なさらないようにした方がいいでげすよ。正直屋さんの評判も一層高まるってもんです」

ここぞとばかりに一八は言葉を重ねた。

「そりゃそうだけどね……」

善太郎は迷っている。

お勢が小唄を歌い始めた。艶があり、のびやかな声音は一瞬にして店内に心地よい空気をもたらす。善太郎の表情も和み、満面に笑みが広がった。

お勢が歌い終えると名残惜しそうに、

「わかったよ。一緒に来てもらおうかね。でもね、旅費は出せないよ」

善太郎は意外にもけちであった。大胆な博打のような商いをやりながらも、算盤玉をしっかりと弾いているのだろう。

「手弁当でげすか」

一八は渋い顔をした。

「印旛沼狒々が見られるんだよ。講に参加する人たちは二十両を払っているんだからね。あんた方はロハで見物できるんだから。それをよく考えなさいよ」

恩着せがましく善太郎は言った。

「そりゃ、そうですがね」

一八は嫌な顔をしたが、

「なら、お座敷でおひねりを頂くのは構わないですね」

お勢は確かめた。

「ああ、構わないよ。しっかり、お稼ぎなさいな」

善太郎に言われ、

「わかりました」

一八は腕捲りをした。

「なら、旅立ちは明後日ですからね」

正直屋の前に集まり、印旛沼に向かって旅立つそうだ。

四

お勢と一八は正直屋を出た。

「どうなんだろうね」

お勢は漠然(ばくぜん)とした問いかけをした。

「けちな男ですね。手弁当って」

一八は善太郎をくさした。

「そうじゃないよ。印旛沼狒々のことだよ」

お勢はぴしゃりと言った。

「ああ、善太郎、いい加減なことをやっているんじゃないですか。印旛沼狒々なんかいるわけないでげすよ」

「それなら、二十両も取ってさ、印旛沼狒々を見物できなかったら、批難ごうごうだよ」

お勢は首を傾げた。

「そりゃ、そうでげすね。でも、善太郎のことですよ。その辺のところはうまいことやるんじゃござんせんかね」

「どうやってよ」

「たとえば、印旛沼狒々を形作った張り子の見世物を用意しておいて、それで誤魔化すんじゃありませんかね。きっと、そうですよ」

「そんなもんで騙されるかね」

「そこんとこは、うまくやるんでげすよ。まったく、困ったもんでげすよね。やつがれは決して騙されませんがね」

自分の考えを信じ切り、一八は憤慨した。

「なんか、あるような気がするね」

お勢は正直屋を振り返った。

「といいますと」

一八は首を傾げた。

「いい加減そうで、金にはしっかりした男だよ。そんな男がさ、印旛沼狒々なんて得体のしれない怪獣で儲けようとしているんだ。きっと何か深い企みがあるんじゃないかね」

お勢に指摘され、

「そうかもしれませんね」

一八も声を潜めた。

「ところで、正直屋善太郎、読売屋になる前は何をやっていたんだい」

お勢はふと疑問に思った。

「それがですよ。何でも侍だったたって噂もありますね。もっともこれは善太郎本人が流した噂ってこってすからね、何しろああいう海千山千の男でげすから。話題になることだったら、どんなことだってやるでしょう」

一八は言った。

「益々臭(にお)うね」

「となりますと、善太郎の企みはとんでもないものかもしれませんよ」

「そりゃ、そうだろうさ」

「……やめときますか」

一八は怖気(おじけ)づいた。

「何、びびっているのさ」

「だって怖いでしょう。印旛沼狒々でげすよ。十三人の役人を雷で殺したって怪獣でげすよ」

「張り子でこさえた見世物だって、あんた言ったじゃないのさ」

お勢はしかめっ面になった。

「やつがれはそう思いますけど、本物の怪獣だったらどうするんでげすよ」

一八は肩をそびやかした。

「あたしは一人だって行くからね。定吉のおとっつぁんを連れ帰るって約束をしたんだから」

強い意志でお勢は言った。

五

鳥居は大森豊斎の方策を取り入れ、貸金会所設立に向け、高札（こうさつ）の準備を調（ととの）えていた。

頭の中は地子銭の徴収と共に印旛沼掘割開削普請、更には上知令のことがぐるぐると巡り、集中できない。

こういう時は、人を貶める陰謀を企てると気持ちが高揚し、仕事がはかどるのだが……。

そうだ、土井利位失脚の企てという格好の課題があるではないか。

土井をいかにして罠に嵌めようか。なんといっても老中だ。一歩間違えば己が身を亡ぼすことになる。

しかし、狙う価値ありだ。

土井の弱みは何だ。

雪の殿さま、雪の結晶図を描くことを無類の楽しみとする風変わりな男である。奇行をしていてもおかしくはないが、それで失脚するようなネタがあればいいが。

すると、藤岡が大森豊斎の来訪を告げた。

通せと命じ、

「そうか……豊斎に知恵を出させるか」

鳥居はにんまりとした。

豊斎が入って来た。

「町年寄どもに地子銭を申し渡した。勘定奉行として関東の天領の村長どもに代官を通じて同様の通達を致す」

鳥居は貸金会所設立に向けて着々と準備を調えていると語った。自分の策が実行に移され、豊斎は機嫌を良くした。

「ところで、豊斎先生のお知恵を借りたい一件がござる」

鳥居は下手(したて)に出た。

豊斎は無言の内に用件を問いかける。

「知恵を提供するのがわしの役目であるゆえ、何なりと申されよ」

別段誇ることなく豊斎は受け入れた。

では、と鳥居は居住まいを正して言った。

「上知令推進の大きな障害に大名、旗本の台所事情がござる。それは豊斎先生の方策、貸金会所の設立によって改善されるでござろう。ところがもう一つ、大きく立ちはだかる壁があるのじゃ」

わかるか、というように鳥居は豊斎の目を覗き込んだ。

「老中、土井大炊頭……ですな」

平然と豊斎は答えた。

鳥居は大きくうなずき、

「幕閣の重要な立場にありながら、水野さまの最重要政策に公然と反対し、批判しておれる。その理由が上方にある自藩の所領を転封して欲しくはない、という私の理由……実に情けない」

同意を求めるように鳥居は言葉を止めた。

豊斎はそれには応じず、

「土井大炊頭に上知令に賛同させる方策を考えろ、と申されるか」

淡々と返した。

鳥居は小さく首を縦に振り、

「最早、話し合いで応じては頂けぬ。水野さまもわしも折に触れ、上知令の重要性を説いてまいった。全国に散在する公儀の所領をまとめることで年貢の取り立てを効率よくする、そして海防じゃ。江戸と上方、いわば日本の中枢を夷敵から守るべく、砲台を設ける必要性をくどいくらいに説明しても頑としておわかりにならない」

困ったお方だ、と鳥居は舌打ちをした。

「土井さまが反対なさっておられるのは土井家の所領が上知令対象地域に含まれておるからですな」

豊斎が確かめると、

「そうじゃ。度量の小さなお方じゃ。それを大勢の大名、旗本が反対しておる、老中として反対の声を無視できぬ、などとお為(ため)ごかしもいいところじゃ。豊斎先生、土井さまを黙らせる方策はないものかのう」

媚びるように鳥居は上目遣いとなった。

「黙らせることはできませぬ。それゆえ、反対の声を上げても公儀に届かないようにすればよいですな」

「と言うと……」

「大炊頭さまには老中を辞して頂き、土井家は遠隔(えんかく)の地に転封……さしずめ蝦夷地がよろしかろう。雪の殿さまらしく、大雪が降る蝦夷地こそが転封先にふさわしいと存じます」

水野にも語った土井家を蝦夷地に転封する案を豊斎は持ち出した。

鳥居は喜色満面(きしょくまんめん)となり、

「なるほど、雪の殿さまは蝦夷地がよい」

と、両手を打ち鳴らしたもののすぐに真顔となり、

「老中罷免、蝦夷地転封となるとよほどの大罪(だいざい)が要る。濡れ衣(ぎぬ)を着せるとして、いかなる罪を犯したことにする」

と、目を凝らした。

豊斎は表情を変えずに答えた。

「単純というか、わかりやすい罪がよいですな。天下の老中が失脚をしたとなると、民は様々に噂をする。土井さまは民が噂を楽しむことができる企みをしていたことにする。であれば……」

ここで豊斎はにんまりと笑った。

引き込まれるように鳥居は前のめりになった。

「釣り天井はいかがですかな」

豊斎は言った。

「……釣り天井とは」

鳥居は首を捻った。

「宇都宮城釣り天井事件、権勢を誇った本多正純が失脚した一件でござる」

二代将軍徳川秀忠の下で絶大な権力者であった本多正純は、秀忠が日光東照宮に参拝した折に失脚した。日光からの帰途、宇都宮城で一泊する予定であった秀忠は正純の陰謀を聞きつけ、宇都宮城には立ち寄らなかった。

陰謀とは秀忠の寝所の天井に細工がしてあり、天井が落下し、秀忠を圧死させる、というものだ。寝所ではなく湯殿という説もあるが、いずれにしても宇都宮城釣り天井事件として世に流布した。

落ち着いて考えなくとも、絵空事であることは明白だが、事実として正純が幕閣を追われ、宇都宮十五万石の領知も召し上げられたために、まことしやかに語られたのである。

「釣り天井をいかにする」

鳥居は問うた。

「歴史は繰り返すというか因果応報（いんがおうほう）というか、先頃行われた公方（くぼう）さまの日光社参拝の帰途、土井さまの居城である古河城に立ち寄った際に、古河城に釣り天井を施されていた、ということにすればよい」

豊斎から提案され、

「因果応報か、なるほどのう」

うれしそうに鳥居は何度もうなずいた。

宇都宮城釣り天井事件の黒幕は当時の土井家当主の利勝（としかつ）と噂されているのだ。すなわち、土井利勝が本多正純との権力争いに勝利するために企てた陰謀ということだ。だとすれば、土井利勝の末裔たる利位が同じ釣り天井事件で失脚するのはまさしく因果応報である。

「面白いのう」

よほど気に入ったようで、鳥居は肩を揺すって笑った。

「釣り天井事件の黒幕の末裔が釣り天井に搦め捕られるのだ」

豊斎も笑った。

「宇都宮城釣り天井事件の背後には加納御前がおられた、という噂が伝わっておりますな」

鳥居は釣り天井を持ち出され、咄嗟に応じられなかった不明を補うべく知識を披露した。

「いかにも。わしは加納御前こそが真の黒幕と考えております」

当然のように豊斎は答えた。

加納御前とは、徳川家康と正室、築山殿の間に生まれた長女亀姫である。築山殿と兄信康が織田信長から武田家への内通を疑われ、斬殺、自刃という非業の死を遂げたのに対し、亀姫は戦国の世を生き延びた。

長篠の戦いで奮闘した長篠城主奥平信昌を高く評価した信長の勧めで、家康は亀姫を信昌に嫁がせた。以後、徳川の武将として活躍した信昌は関ケ原の戦いの後、美濃国加納城主として十万石の大名となった。信昌死後、奥平家は下野国宇都宮に転封となり、亀姫も宇都宮城に移る。

ところが、亀姫の孫の代で宇都宮から古河に転封となり、代わって本多正純が十五万石の大名として入城した。亀姫は家康の長女という誇りがあり、尚且つ気性の強い女性であった。奥平家より大きな領知を得て宇都宮城主となった本多正純への反感、更には娘を嫁がせた小田原城主大久保家に謀反の疑いをかけて滅ぼした本多正信、正純親子への恨みを晴らそうと秀忠謀殺をでっち上げた、とされている。

亀姫は弟である秀忠に正純謀反を告発した。

「女の恨みは凄まじいですな」

豊斎は眉をひそめた。

「しかし、今更釣り天井など、いかにも眉唾、そんなもので老中を追い込めるものなのか」

冷静になると、鳥居は不安が募ってきた。

「本多正純は今の水野忠邦よりも権勢を誇っておった。それが釣り天井などという絵空事で失脚した……少なくとも謀反の疑いをかけるに足る名目にされたのだ。先ほども申したように、信じ難い夢物語の方が民は面白がり、楽しみ、噂話が広がり、やがてそれが真実となる。因果応報の釣り天井の謀は民に受けること間違いなしである。印旛沼狒々などという怪獣を真に受ける者もおるのだ。謀は嘘臭くあればあるほどよいのだ。その方がな、真実を覆い隠すことができる。土井利勝の権力欲、加納御前の恨みと憎悪を釣り天井という絵空事が隠したのだ。今回も水野忠邦、鳥居耀蔵の企みを覆い隠す暗雲となろう」

豊斎は滔々と持論を展開した。

「なるほど、もっともなり。ならば、釣り天井で企てを進めるとしよう。ついては、豊斎先生、企てを実行してくだされ」

鳥居も燃え立つような思いを抱いた。

「引き受けよう」

まるでお使いを引き受けるかのような気安さで豊斎は応じた。

次いで、

「古河城で釣り天井を造作した大工を用意するのがよろしかろう。証人ですな」

豊斎の案に鳥居は賛同した。

半刻（一時間）ほど後、水野忠邦は南町奉行所の奉行役宅に鳥居耀蔵を訪ねた。奥の書院で面談をする。今日の鳥居はここ最近の自信なさげな様子とは打って変わって気力を漲らせている。書院の隅には用人の藤岡伝十郎が控えた。

「何か良いことがあったようじゃな」

水野は冷静に聞いた。

「土井さまの奸計が明らかとなりました」

鳥居は言った。

「ほう」

水野は切れ長の目を光らせた。

「先だっての上さまの日光東照宮参拝の際に、土井さまは上さまを殺めんと企てたのでござります」

鳥居は言った。

「なんじゃと」

水野の目は失望に彩られた。

そんなことあるはずがない、という思いが水野には沸き上がったのだろう。土井利位を幕閣から追い、土井家を蝦夷地に転封させるにはあまりに稚拙な策だと言いたいようだ。

「上さまの御寝所の天井が落ちる仕組みになっていたことが判明しました」

あくまでまじめに鳥居は言った。

「たわけたことを申すな。本多正純の宇都宮城釣り天井騒動でもあるまいに」

呆れたように水野は失笑を漏らした。

「まさしく、土井さまは本多正純の先例に学んだのです」

動ぜず鳥居は言った。

「馬鹿げておるではないか」

水野は取り合わない。

「お疑いでしょうが、土井さまの古河城にて同様の釣り天井が造作されておったのです」

鳥居の真剣な物言いに、

「確かか」

水野は若干の興味を抱いた。

「間違いありません」

鳥居は語調を強めた。

「証はあるのか」

「実際に普請に携わった者たちを捕えました」

豊斎に示唆された方策を受け、鳥居は告げた。

「まことか……」

疑わしそうに水野は問いかけた。

「間違いございませぬ。その者たちの証言をもとに土井さまの罪状が明らかとなるのです」

鳥居は意気込んだ。

「そう、うまくゆくものかのう」

水野は慎重な姿勢を崩さない。

「うまくゆくように事を運べばよいと存じます」

鳥居らしい強引さで土井利位を貶めようとしている。蛮社の獄のように火のない所に煙を立て、敵を貶めるのが鳥居である。あの時、水野は鳥居が連座させようとした蘭学者や蘭学の学徒の内、目にかけた者、江川太郎左衛門などは庇った。しかし、他の者は見殺しにしたのである。

鳥居の強引なやり口を見過ごした。結果、鳥居は頭角を現し、南町奉行兼勘定奉行として改革の右腕となっている。

ここは鳥居に任せるか。

もし、鳥居の強引過ぎるやり方が危うくなったなら、切り捨てればよい。

「そなたが自信あるのなら、そなたの裁量でやるがよい」

水野は鳥居の献策を受け入れた。

「承知しました」

鳥居は頭を下げた。

「よくわかっておると思うが、相手は土井どのじゃ。累代に亘って公儀に貢献してきた家である。間違いは許されぬぞ」

水野は釘を刺した。

「御意！」

「わかっておればよい」

水野は突き放すような物言いをした。

鳥居の目は爛々とした輝きを放っている。

「他に何かありそうじゃな」

水野は問いかけた。

「菅沼外記の息の根を止めます」

鳥居は両目を大きく見開いた。

「菅沼外記か、まだ生きておったのじゃのう。最早、死のうが生きようが関係のない男であるが、まあ、そなたが始末をつけるというのなら好きにせよ」

またしても水野は他人事のように言った。

「御意……」

不満そうに鳥居は返事をした。

「それで、貸金会所、いかがなった」

水野は話題を転じた。

「まず、江戸の町年寄どもに申し付けました」

鳥居は言った。

「して、いかがであった」

淡々と水野は問いかける。

「それが、正直申しまして、中々承知しようとしませぬ」

「それでは、上知令も動かぬではないか」

水野は鳥居のせいだと言わんばかりに不快さを表した。

「申し訳ございませぬ」

鳥居は頭を下げた。

「しかと申し付けたはずじゃ。できぬのなら、そなたには頼まぬ」

水野は冷然と言い放った。

「それがしが必ずやり遂げます」

突き出たおでこに汗を滲ませて鳥居は返答をした。

「よかろう。しかと行え。ところで、印旛沼じゃのう」

水野は話題を印旛沼に移した。

「近日、巡検に参ります。その際に、大森豊斎を同行させます」

「あの者、使えそうじゃ。大いに活用致すがよい」

「ご紹介くださり、ありがとうございます」

鳥居は感謝の言葉を返した。

「しくじりは許されぬぞ」

水野は釘を刺した。

「それは十分に承知しております」

鳥居は厳然と答えた。

「わかっておればよい。上知令、印旛沼普請、改革の根本じゃ。それらが、失敗に終わったらわしも老中を辞さねばならぬ。むろんのこと……」

水野は鳥居を睨んだ。

「わかっております。それがしとて町奉行職、勘定奉行職に留まるつもりはございませぬ」

語調を強め、鳥居は言い立てた。

水野は鳥居の目を見据えながら、

「職を辞すればどうなると思う。ただの大名、旗本になる、などというものではないぞ」

と、言った。

「はあ……」

鳥居は目を凝らした。

「何らかの罪に問われるであろう。かつての田沼意次のように、石もて追われ、減封に処せられるかもしれぬ。わが名は汚辱にまみれるであろう」

水野が苦笑すると、

「それがしも町人どもから憎まれております。親の仇以上の憎まれようです。奉行職を降り、ただの旗本になった途端に命を狙われるかもしれませぬ。さしずめ、屋敷は焼き打ちされるかもしれませぬな」

鳥居も危機感を抱いた。

「我ら、公儀のため、日本のために行っておるが、世の者、いや、幕閣にあってもそれがわからぬ者ばかりじゃ」

「まったくでござります」

鳥居もうなずく。

「改革をしくじり、全てを失いたくはあるまい」

「もちろんでござります」

鳥居も大きくうなずく。

水野はふと笑みを漏らし、

「印旛沼普請が成ったら、そなた、加増（かぞう）してやろう」

と、言った。

「もったいのうござります」

鳥居はひたすら恐縮をする。

「なに、成就した手柄に応じて加増されるのは当然のことじゃ。戦国の世のように、鑓働きで加増ということはないが、泰平の世とて異例の加増はある。八代吉宗公の御世（みよ）にあって大岡越前守（おおおかえちぜんのかみ）のようにな」

大岡忠相（ただすけ）は、南町奉行として吉宗の厚い信頼を得て、加増を受け続け、ついには、一万石の大名になった。役職も町奉行から寺社奉行に昇進した。

大岡忠相を引き合いに出し、水野は鳥居を鼓舞した。

「まこと、大岡どのを見習いまして精進（しょうじん）を致したいと存じます」

「では、くれぐれも頼んだぞ」

水野は腰を上げ、客間から出て行った。

部屋の隅で控えていた藤岡がにじり寄り、

「水野さまのご信頼、まことに厚いものでござりますな」

と、笑みを浮かべた。

しかし、鳥居は薄笑いを浮かべ、

「ふん、信頼などされてはおらぬ。便利な駒じゃな」

と、苦笑を返した。

「しかし、大岡越前守の例を挙げて加増を約束なさったではありませぬか」

藤岡が言うと、

「大岡は八代吉宗公という後ろ盾があったからのう。加増も受けやすかったのじゃ」

「殿も水野さまという後ろ盾があるではありませぬか」

藤岡は破顔した。

「水野さまは老中首座であっても、公方さまではない」

「と、おっしゃいますと」

鳥居は皮肉そうに唇を噛んだ。

「老中の力は公方さまの信頼あってのこと。決して、己だけの力ではないのじゃ」

乾いた口調で鳥居は言った。

第四章　印旛沼へ

一

　十五日の朝、外記は浅草田原町三丁目にある庵斎の家を訪ねた。

　庵斎は醬油問屋万代屋吉兵衛が家主の長屋で独り暮らしだ。軽やかな足取りで外記は長屋の木戸をくぐる。左側に二階建て長屋、右側に九尺二間の棟割り長屋が建ち並んでいた。路地を進むと棒手振りの饅頭売りが外記の前を通り過ぎる。外記は呼び止め、竹の皮に包まれた饅頭を買い求めた。二階建て長屋の奥まった一軒の前に立った。

　戸の脇に、

「俳諧指南　村山庵斎」

　と、立て看板がかけられている。

　外記は腰高障子をとんとんと叩いた。すぐに、腰高障子が開き、黒の十徳に身を包んだ庵斎が現れた。

外記は饅頭の包みを差し出し、中に入った。

土間を隔(へだ)てて小上がりの八畳間が広がっている。奥に走る廊下の脇に階段があった。

「飯が炊(た)いてありますぞ」

庵斎が言うと、

「よかった、腹が減ったところだ」

外記は小上がりの八畳間の真ん中にどっかと腰を据えた。庵斎は食膳を調えた。

「さあ、どうぞ、召し上がってください」

庵斎は箱膳にどんぶり飯と豆腐の味噌汁、茄子の煮物を載せ持ってきた。

「よし、食うか」

箸で茄子を摑むと口の中に入れた。甘辛く煮込まれていて、噛むとじゅわっと煮汁が口中に溢れ出た。白い飯で追いかけると堪(こた)えられない。

外記の健啖(けんたん)ぶりに庵斎は目を細めながら、饅頭を食べ始めた。

「土井さまの文字、手に入ったか」

外記が言葉を発したのは、どんぶり飯を平らげたあとだった。

「お任せください」

庵斎は、外記のどんぶりを受け取り、飯のお代わりをよそった。

外記は受け取るとふたたび無言になった。庵斎はこの小柄な男の何処に入るのだろうと目を見張った。

「ご覧くだされ」

庵斎はいくつかの短冊（たんざく）を見せた。

日本橋の花膳で催された句会で手に入れた短冊だ。続いて庵斎は書付を外記の前に置いた。土井の筆跡を真似て庵斎が書いたのである。内容は当たり障りのない時候の挨拶文となっている。

「相変わらず、達者なものだな」

外記は美味そうに饅頭を食べた。

「では、このまま進めます」

庵斎は部屋の隅にある小机に向かった。

「文字はよいが、雪の殿さま特有の絵図だな……」

外記は庵斎の背中から声をかけた。

「雪の結晶図ですな。これは、やはり春風に任せようと思います」

庵斎は振り返って言った。

「それがよかろう」

外記はうなずいた。

机の上には、庵斎の苦闘の跡である紙の束があった。横には、庵斎の七つ道具ともいえる小道具が並んでいる。

様々な穂の形をした筆、当時としては珍品である鉛筆(えんぴつ)、染料、くじらざし、向こうが透けて見えるほどの薄い紙、天眼鏡(てんがんきょう)などである。

庵斎は短冊の上に薄い紙を敷き、土井が書いた文字の外形を鉛筆でなぞった。それを、様々な穂先の筆を駆使し、文字に仕上げる。そして、写し取った文字と短冊の文字を、天眼鏡で一文字ずつ確認していった。

そのうえで、庵斎は数百枚もの紙を使って練習をくり返したのだ。

「あとは、土井さまが鳥居に送りそうな文案ですな。水野と鳥居の仲を裂く文にしなければなりません」

庵斎は外記に向き直った。

「水野は焦っておる。上知令の失敗は己の失脚に繋がるからな。幕閣の者たちは水野の顔色を窺い、表立って反対意見を述べておるのは土井さまくらいだ。しかし、土井さまの背後には上知令に反対する大名、旗本がおる。大奥からも水野を批難する声が上がっておるとか……それら反対の声に後押しされて土井さまが公儀の政を主導する立場に立つ可能性は大きい」

外記の見通しに庵斎は納得しながら、

「水野の旗色が悪くなれば水野から離れてゆく者も出ますな。鳥居は権力の亡者、水野を見限るに相違ございませぬ」

「権力者に媚びへつらう鳥居は権謀好き、水野から疑念の目を向けられたと察知すれば、水野失脚に動き出す。水野も鳥居の人柄をよく知っておる。土井が鳥居を抱き込む動きをしておると知れば、警戒をする」

「それを念頭に土井さまが鳥居を誘う文ですな」

庵斎は黙々と筆を動かした。

書き終えるとうまくないとばかりに、紙をびりびり破った。二枚目も庵斎はうまくいかなかったようで、くしゃくしゃにして放り捨てた。

それからも庵斎は筆を走らせた。

庵斎の脳裏に土井利位の温和な風貌が浮かんでくる。

庵斎は猛然と筆をふるった。

紙の束がなくなっていく。

七つ（午後四時）を告げる浅草寺の鐘の音がした。

「よし、これでどうじゃ」

庵斎は会心の笑みを浮かべた。

「ならば、これに書いてみよ」

いつのまにか、外記が背中越しに覗き込んでいる。

庵斎は笑顔を向け、

「はい。では」

目を瞑り大きく息を吸い込むと、筆の穂先を硯に浸した。

外記は黙って庵斎の背中を見詰めた。やがて、

「………」

庵斎は無言で文を差し出した。外記は目を細め、視線を凝らした。

「もう一枚書いてみよ」

外記の言葉にうなずくと、庵斎は机に向かう。

再び差し出す。

「もう一枚じゃ」

外記は静かに言った。

庵斎は逆らいもせず書く。

「もう一枚」

結局、庵斎は、外記が用意した五枚の美濃紙すべてに同じ文面の文を書き記した。

外記は、それらを畳に並べた。

夕陽が天窓越しに差し込んでくる。

棒手振りの青物売りの売り声が路地から聞こえた。

外記は、五枚の内の二枚を取り上げ、茜色の日差しに掲げた。庵斎はその様子をじっと見ている。

「これがよい」

外記は一枚を庵斎に差し出した。それは、庵斎が二枚目に書いた文だった。句会への誘いに加え、鳥居の父林述斎の思い出話をしたい、と記した。末尾には俳諧を添えてある。

「稲荷には秋日に映える鳥居かな……土井さまの句にしては良いのか悪いのかわたしにはわからぬが……ま、よいか。鳥居にもわからぬだろう。もっともらしく一句添えるのがよいな。うむ、でかした」

外記の笑顔に、庵斎も満面に笑みを浮かべた。土井の署名の横に雪の結晶図を春風に描かせれば万全だ。

二

その日の夕暮れ、南町奉行所、奉行役宅の書院で鳥居は用人の藤岡伝十郎から老中土井利位の書状を受け取った。

鳥居は訝しみながらも書状を開き、文面を読み始めるや眉根を寄せた。

「いかがされましたか」

心配そうに藤岡が問いかける。

「土井さまから句会のお誘いじゃ」

ぽつりと鳥居は告げた。

「ほう、土井さまからですか……土井さまは俳諧がお好きだそうですからな。それにしましても殿をお誘いとは」

藤岡は戸惑いを示した。

鳥居に俳諧の趣味はない。和歌を詠むことはあるが嗜む程度で特別の関心はない。俳諧などという町人文化は鳥居の侮蔑の対象であり、土井もそうした鳥居の姿勢を知っているはずである。

水野の政敵である土井の誘いに様々な勘繰りが沸き起こる。

「いかがされますか。応じられるのですか」

藤岡が問いかけると、

「応じるわけにはいくまい」

鳥居は言った。

「その通りでございます。迂闊に応じてしまったら、水野さまの反目を買ってしまいます。今は微妙な時期でございます」

藤岡も慎重になった。

「そう、微妙な時期じゃ」

鳥居は曖昧な言葉を発した。

藤岡は鳥居の心中を察しながら、

「土井さまが殿を誘うというのは、俄かには信じられませぬ。まこと、土井さまからの書状なのでしょうか」

と、訝った。

はっとなり、鳥居は書状を見直した。しばらく慎重に何度も視線を走らせる。

「間違いない。土井さまの筆使いじゃ。それにこの雪の絵図、まごうかたなき土井さまの手によるものである」

鳥居は土井からの文だと断じた。

「すると、土井さま、殿を味方につけようとしておられるのですね」

藤岡が言うと、

「そうかもしれぬ。土井さまにしても、水野さまとの権力争いを覚悟しておられるのだろう」

納得したように鳥居は言った。

三

外記は相州屋重吉の扮装をし、ばつを連れて鏡ケ池の自宅を出た。

浅草田圃にある浄土宗の寺、観生寺を目指す。背中をやや曲げ、杖をつきながら歩く姿は、誰が見ても商家のご隠居さんである。

ばつと共に野道を歩いてゆく。

すると、托鉢僧が三人歩いて来た。ばつが唸り声を上げる。外記は咄嗟に両手でばつを持ち上げ、野道の後方に放り投げた。

托鉢僧たちは外記に向かって突進して来る。

外記は杖の先を逆手に持つと、刃を抜き放った。仕込み杖である。

弱々しげな老人は一瞬にして手練れの剣客と化した。

托鉢僧の足が止まった。

彼らに向かって外記は駆け寄り、逆手で持ったまま仕込み杖を振るった。

白刃が煌めき、三つの饅頭笠が切り裂かれた。

敵は踵を返すと猛然と逃げ去った。

すると今度は虚無僧の集団が現れた。十人ばかりだ。

外記は仕込み杖を鞘に納め、丹田呼吸を繰り返した。虚無僧たちは襲ってこない。

外記の様子を窺っている。

構わず外記は丹田に精気を溜めた。全身を血潮が駆け巡り、頬が紅潮したところで、

「でやあ！」

空にも届かんばかりの大音声を発し、右手を突き出した。

巨大な陽炎が虚無僧たちを包んだ。

虚無僧たちの姿が歪み、時が停止したような静寂が訪れたのも束の間、見えない巨人に張り手を食らわされたように敵は後方に吹き飛んだ。

虚無僧たちは反撃には出ず、托鉢僧と同じく逃げ出した。

嫌な予感に囚われた。

「ぼつ、急ぐぞ」

ぼつに声をかけ、外記は観生寺に急いだ。一声吠えると、ぼつも追いかけて来る。猫のような大人しさは一変し、獲物を目指す猟犬のような敏捷で力強い走りであった。

外記が去ってから辛島銀次郎が虚無僧の傍らに立った。

「気送術、まやかしかと思ったが、そうではないようだな」

辛島は思案をした。

今回、沼津党を使って気送術の弱点を探ろうとした。気送術を辛島は一種の催眠術と考えた。相手に催眠をかけ、自分の力で吹き飛ばされる、と推察したのだ。催眠をかけるには相手の目を見る必要がある。外記が沼津党の目を見ることがないよう虚無僧笠を被らせたまま襲撃させたのである。

しかし、外記には通用しなかった。

「気送術、恐るべし」

辛島は唇を嚙み締めた。

観生寺にやって来た。

観生寺の本堂は手習い所でもあった。手習い所を主宰するのは美佐江という婦人だ。丸髷に結った髪には朱色の玉簪を挿し、浅葱色の小袖に薄い紅色の袴が目に鮮やかだ。美佐江は蘭学者山口俊洋の妻である。夫俊洋は四年前の天保十年、当時目付であった鳥居耀蔵が蘭学者を摘発した蛮社の獄に連座し、小伝馬町の牢屋敷に入れられている。美佐江は俊洋の帰還を信じ、子供たちに手習いを教えているのだ。

境内にまで子供たちの笑い声が聞こえる。無事であったと安堵すると共に外記の心は和んだ。美佐江と共に子供たちと遊んでいる娘がいる。可憐で美しい歌声の娘、ホンファといい、訳あって香港から渡来した。旅芸人一座に加わっていたが、陰謀に巻き込まれ、外記に助けられた。日本に身寄りのないホンファを外記は美佐江に預けたのだ。

美佐江が外記に気づき、お辞儀をした。外記も挨拶を返し本堂の階を上った。

美佐江は濡れ縁にやって来て外記を迎えた。

息を切らしてやって来た外記を見て、

「ご隠居さま、いかがなさいましたか」

美佐江は戸惑いの目を向けてきた。

「いや、何でもない。雨が降りそうだったのでな、急いだ次第じゃ」

取り繕ったつもりだが、

「いい天気ですよ」

美佐江は空を見上げた。

確かに青空が広がっている。

「狐雨（きつねあめ）であったかな」

外記は自嘲気味な笑みを浮かべた。

美佐江はくすりと笑った。

「ああ、そうか。どうも呆（ぼ）けてしまったのかな」

外記は言い添えた。

次いで、

「少しばかり、江戸を留守にします」

改めて外記は告げた。

「旅に行かれるのですか。どちらまで」

よいですね、と美佐江は微笑んだ。

「鹿島神宮（かしまじんぐう）に参詣（さんけい）しようと思うのです」

「そうですか。どうぞ、お気を付けて」

美佐江は軽く頭を下げた。

「美佐江どのもくれぐれも気を付けられよ」

外記も気遣った。

「大丈夫です。ああ、そう言えば、主人と懇意にしてくだすっていた大森豊斎先生も旅に出向かれるとか。豊斎先生は蘭学者で経世家でもいらっしゃいます。豊斎先生は印旛沼に行かれるそうです」

美佐江は言った。

「経世家とは、印旛沼普請に関わるということかな」

外記は真っ白い顎鬚を撫でた。

「そう聞いております。豊斎先生は経世家としてこれまでにいくつもの大名家の台所を建て直していらっしゃいました。掘割普請なども手掛けてこられたと存じます」

「すると、豊斎先生は公儀のお役目として、言い換えれば水野さま、鳥居さまに召し抱えられて印旛沼に赴かれるのですな」

外記の言葉を豊斎への批難と受け止めたのか、

「豊斎先生は役目に忠実なのです。特定の主人に仕えるのではなく、お役目を忠実に果たすのを信条としておられます」

美佐江は言った。

「いや、豊斎先生を批難しておるのではない」

外記は返した。

美佐江は言い過ぎました、と詫びた。

「聞きしに勝る難しい普請ですが、豊斎先生ならば、成し遂げられるかもしれませぬな。利根川と江戸湾を結び、印旛沼周辺から洪水被害をなくすのは世のため、人のためです。水野さま、鳥居さまのためではありませんからな」

外記は笑みを返した。

「おっしゃる通りだと思います」

美佐江も賛同した。

「豊斎先生なら、印旛沼狒々の正体を明らかにすることもできましょうな」

冗談めかして外記は笑った。

「印旛沼狒々ですか」

美佐江もくすりと笑い、子供たちも印旛沼狒々の絵を描いて遊んでいると言った。

「印旛沼狒々、何やら深い曰くが隠されていそうですな」

何気なく外記は言ったのだが、

「ご隠居さま、ひょっとして印旛沼に行かれるのではありませんか」

美佐江は危ぶんだ。

「いや……まあ」

つい、口ごもる。

次いで、

「鹿島神宮参拝の途次、立ち寄るかもしれませぬな。わしも物見高いですからな、印旛沼彿々には興味を抱きます」

外記は笑った。

「ご隠居さまったら」

美佐江もくすりと笑い返す。

「いや、お恥ずかしい」

外記は頭を掻いた。

「あ、そうそう、豊斎先生が、ホンファが香港に帰ることができるよう、尽力くださるのですよ」

美佐江は声を弾ませた。

「ほう、そうですか」

外記はホンファを横目で見た。

ホンファは子供たちと印旛沼狒々の絵を描きながら、はしゃいでいた。

「ホンファ、帰りたがっていますか」

香港に身寄りがいなくなったホンファである。

「そうですね。わたしも心配なのです」

美佐江も危惧していた。

「本人次第ですがな」

外記は言った。

すると、

「噂をすれば影ですわ」

と、美佐江は境内を見た。

大森豊斎がやって来た。

「では、これにて」

外記は美佐江に挨拶をした。

豊斎と濡れ縁ですれ違い、会釈を送った。豊斎もうなずき返した。不穏なものを抱きながら外記は階を降りた。

四

鏡ヶ池の自宅に戻った。

すると、

「御免」

と、初老の男がやって来た。

他ならぬ大森豊斎だ。

外記は相州屋重吉の扮装を解いていた。戸惑いながらも豊斎を迎える。

「菅沼外記どのですな」

いきなり、豊斎は語りかけてきた。

「いかにも」

外記がうなずくと、

「先ほどは失礼致した」

豊斎は観生寺ですれ違った時、重吉の扮装を外記だと見抜いていたようだ。

訝しむ外記に、

「観生寺でお見かけし、ただ者ではないと思いましたので後を追ってきたのです。扮装を解いたのをお見かけし、以前沼津水野家に出入りしておった時に耳にした敏腕の御庭番菅沼外記どのを思い出した次第。老中水野様から命を狙われ鏡ヶ池辺りで隠れ住んでいるとも……」

「まあ、どうぞ」

外記は居間に導き入れた。

「かたじけない」

豊斎は挨拶を交わして居間で外記と対した。

外記は戸惑いの姿勢を示した。

「菅沼どの、身の危険を感じておられよう」

豊斎は言った。

「一体、何のことでしょうかな」

外記は首を傾げてみせた。

「お命を狙われておりましょう」

「それは、今に始まったことではないので、気にしなくはありませんが、常に狙われておると覚悟を決めております」

驕ることなく落ち着いて返した。

「さすがは、肝が据わっておられる。しかし、今回はひときわ大きな危機ですぞ。本日まかり越したのは忠告に参った次第。まあ、もっともわしが忠告するまでもないことであるがな」

豊斎は言った。

「ご忠告、痛み入る」

外記は頭を下げた。

「印旛沼に行かれるか」

「そのつもりです」

「飛んで火に入る夏の虫でありますぞ」

豊斎は行くなと忠告した。

「そうですかな」

外記はにやりとした。

「印旛沼には罠が仕掛けられておる……わしはそう睨んでおる」

「何故、その拠り所は」

「わしは水野越前に召し抱えられた。上知令、印旛沼普請にかかわらず、水野の改革を担おうと思ったからじゃ。何も水野のために行うのではない。日本を憂いてのことじゃ……それはともかく、鳥居が菅沼どのの命を狙っているのは間違いない。そして、鳥居も印旛沼に巡検に参る。印旛沼であれば、そなたを始末しやすいからのう」

「鳥居とは因縁（いんねん）がありますからな。罠が待ち構えておると知っても行かぬわけには参りませぬ」

外記は決意を示した。

「意地かな」

にやりと豊斎は笑った。

「そう受け止めて頂いて結構です」

外記は静かに答えた。

「意外であるな。菅沼外記どのは冷めたお方だと思っておった」

「ご期待に応えられず、申し訳ないですな」

「ならば一層のこと、わしも印旛沼に行くのでな、僭越ながら菅沼どのを手助けしたい」

「お気持ちはありがたくお受け致します」

外記は慇懃に頭を下げた。

次いで、

「ところで、豊斎先生は印旛沼狒々のことをいかにお考えですか」

と、印旛沼狒々に話題を向けた。

「印旛沼狒々のう……馬鹿げたまやかしに決まっておる」

豊斎は断じた。

「ならば、十三人、いや三人の役人の死をいかにお考えなのか」

「わしなりの考えがある」

自信に満ちた顔で豊斎は返した。

「どのような」

外記は首を傾げた。

「印旛沼で説明を致そう」

豊斎は言った。

それから、

「何も勿体をつけておるのではないぞ。現地での方が、説明がわかりやすいからだ」

「そうであれば、それは豊斎先生にお任せを致す」

外記は軽く頭を下げた。

「現地での楽しみとされよ」

豊斎はにこやかに応じた。

「ところで、山口俊洋どのとの関係はどのようであったのですかな」

外記は美佐江の顔を思い浮かべながら問いかけた。

「山口は大変に優れた学者であり、誠実無比の男だ。長崎でわしとは付き合いがあった。共に西洋の文物について積極的に学び、お互いに学んだことを教え合ったものじゃ」

懐かしそうに豊斎は遠くを見る目をした。

「鳥居憎しですな」

「鳥居は国賊(こくぞく)ですな」

悔しそうに豊斎は顔を歪めた。

「ホンファを香港に戻してくれるのですか」

「本人次第であるが。懇意にしておる阿蘭陀(オランダ)の商人の船があるのでな」

「香港はどんな有様ですか」

「エゲレスの租借地(そしゃくち)になった。租借地と言えば聞こえはよいが、エゲレスの領地だ。エゲレスは香港を拠点に日本を狙うであろう。海防が心配じゃ」

「するとホンファは」

外記は危ぶんだ。

「身寄りもないということゆえ、帰るのを勧めぬがな」

「それでも、親戚、知人、友人がおり、それに慣れ親しんだ土地でありますからな」

「そうだな」

豊斎も認めた。

「ホンファ、今ではすっかり日本に馴染んだようだが、心の内はどうであろうか。おそらく、ホンファは戻るか残るか、揺れ動くのではないですかな」

外記はホンファを心配した。

「さもありなんであるな」

豊斎も応じた。

「ホンファが香港に戻りたいのなら、その時はよろしくお願い致します」

外記は頭を下げた。

豊斎は首肯し、「では」と腰を上げた。

外記も立ち上がり、豊斎を見送りに玄関まで歩いた。

すると、何やら人影が見える。

「豊斎先生」

外記は怒声を浴びせ、豊斎を突き飛ばした。豊斎は前のめりに倒れた。

手裏剣が外記の頭上をかすめる。

外記は豊斎を母屋の中に入れ、庭まで走った。

数人の男たちが庭に駆け込んで来た。

揃って、黒覆面、黒装束である。覆面には三つ鱗の家紋が金糸で縫い取ってある。

彼らは白刃をきらめかせ、外記に迫る。外記は丹田呼吸を繰り返した。

すると、次々と火矢が飛来し母屋の藁葺き屋根に突き刺さる。

たちまちにして母屋は炎に包まれた。

五

観生寺では手習いを終えた後、

「ホンファ、ちょっといいかしら」

美佐江が声をかけた。

ホンファは笑顔を向けてくる。外記の土産である心太(ところてん)を美佐江はホンファと一緒に食べた。甘酸っぱい味わいにも慣れ、ホンファはすっかり心太が好きになっていた。

ホンファは小首を傾げた。

「実はね、香港に帰ることができるの」

美佐江は言葉を選ぼうとしたが、こういう大事なことははっきりと問いかけるのがよいと判断した。

ホンファは小首を傾げたままである。おそらくは、様々な思いが脳裏を過っているのだろう。

「今、返事をしなくてもいいわ。よく、考えてみて。わたしは、あなたが香港に帰りたいのなら、そのように頼みます。このまま、ここで暮らしたいのなら、歓迎します」

噛んで含めるように美佐江は話した。

ホンファは黙ってうなずいた。

心の中に葛藤が渦巻いているようだ。美佐江は罪悪感に苛（さいな）まれたが、避けては通れない道である。

重苦しい空気が漂った。

心太をすする音が静寂を際立たせる。

外記は頭から井戸水を被ると燃え上がる母屋に飛び込んだ。

煙が立ち込めている。

呼吸を止め、母屋を進む。居間に豊斎が倒れている。

周囲を業火（ごうか）が巡っていた。

息を止めたまま豊斎の側に寄り、抱き起こした。豊斎は気を失っている。

その間にも四方を火が取り巻いていた。外記は豊斎を脇に抱きかかえた。

このままでは火を突破することはできない。

気送術で火を吹き飛ばそうか。

いや、それはできない。丹田呼吸を繰り返せば煙を吸ってしまう。煙を吸えば、気を失うだろう。

どうする……。

と、考える暇もなく外記は天井に向かって大刀を投げた。

大刀は深々と天井を刺し貫（つらぬ）く。

外記は豊斎を脇に抱きかかえたまま飛び上がり、大刀の柄（つか）を右手で掴んだ。続いて身体を前後に揺り動かす。

火の粉が外記に降りかかるが、それをものともせず外記は運動を続ける。徐々に速度が速まる。

そして、勢い良く前方に跳んだ。

炎を突破し、庭に飛び出た。

外記は着地をし、豊斎を横たえた。

火柱となった母屋を振り返り、外記は豊斎の半身を起こした。外記は活を入れる。

豊斎は息を吹き返した。

「急いでくだされ」

外記は豊斎に声をかける。豊斎は目を白黒させながらも外記について屋敷を出た。ばつが吠えている。

自分たちを導いているかのようだ。

ばつについて外記と豊斎は走った。

夕焼け空を炎が焦がし、外記の身に危機が迫っているのを感じさせた。

火事から逃れたところで、

「菅沼どの、かたじけない」

豊斎は深々と腰を折った。

「それよりも、豊斎先生を巻き込んでしまいました」

「それは覚悟の上ですな」

豊斎はけろっと返した。

「さて、これで、背後を絶ち、敵に立ち向かうことができます」

外記は決意を示した。

「まさしく、わしも腹を括ることができましたぞ」

豊斎は言った。

「これで、敵の怖さ、執拗さを、身を以て知ることができました」

「まさしく」

「豊斎先生、くれぐれも気を付けてくだされ」

「それはこちらの台詞でござる」

豊斎は笑みを浮かべた。

六

豊斎が帰ってから真中正助がやって来た。屋敷が燃え落ちたのを見て険しい表情を浮かべる。

「三つ鱗一派の仕業ですか」

真中の問いかけに、

「そうだ」

外記は、豊斎の訪問と三つ鱗一派の襲撃の様子をかいつまんで話した。

「汚い奴らですね」

真中も怒りを燃え上がらせた。

「一派の黒幕、辛島銀次郎ではないだろうか」

ふと外記は思い立った。

「辛島……なるほど。先日お頭が襲われた時、辛島は都合よく、襲撃の場に居合わせましたな。わたしに近づいたのもお頭を狙ってのことなのかもしれませぬ」

迂闊でした、と真中は詫びた。

「繰り返された襲撃、何か違和感がある。今一つ、殺気というか、わたしの命を奪おうという気概(きがい)に欠けておったのだ。つまり、わたしの技量を試しておるような」

「何のためにお頭の技量を試すのでしょう」

「印旛沼でわたしを仕留めるためであろう。辛島はわたしを印旛沼に誘い出し、印旛沼で始末をつけるつもりなのだろう」

「沼津水野家の神谷どのとは繋がっておりましょうか」

「繋がっておると考えてよかろうな。そもそも印旛沼狒々の一件を持ち込んできたのは神谷宗太郎どのだ」

外記の考えにうなずきながらも真中は疑問を呈した。

「沼津水野家が水野、鳥居に追いつめられているのは確かです。それなのに、お頭を狙うというのはどうしてなのでしょう。水野、鳥居に牙をむく、というのならわかるのですが」

「その辺のところはわたしにもわからない。ただ、深い企みがあるのは確かだ。いずれにしても、印旛沼で明らかとなろう」

外記は東の空を見上げた。

「お頭に助けを求めておいて騙し討ちを企むとは、神谷という男、断じて許せませぬ」

顔を真っ赤に火照(ほて)らせ、真中は憤激した。

「その怒り、印旛沼で爆発させようぞ」

外記は宥めた。

「まさしく、一人残らず斬ります」

峰打ちを得意とする真中にしては荒々しい決意を示した。

「その気持ちや大いに良し、としたいが、あまりにもそなたの気持ちの入れ込みように、わしは正直、危うさを覚える」

「しかし……」

真中は唇を噛み締めた。

「真中、そなたは素知らぬ顔で辛島と一緒に印旛沼に行くのだ」

気を落ち着かせるように外記は穏やかな口調で命じた。

「辛島の企みに気づかなかった己の迂闊さを晴らすべくしっかりと役目を果たします」

真中は心から悔いるようにうなだれた。

「よい、気にするな。わたしとて、神谷を信用したのだ」

外記は自嘲気味な笑みを浮かべた。

「そのお言葉、忘れませぬ」

真中は真摯に頭を下げた。

「まったく、そういう堅苦しいところが、そなたの短所であり長所だ。人というものは長所が短所となり、短所が長所となるということがまま見受けられる。また、長短の差が大きいほど、際立った仕事をするものだ」

外記は笑みを深めた。

「お頭……」

真中は外記の度量の大きさに感服した。

「おい、感極まってどうする。戦いはこれからであるぞ」

外記に言われ、

「ごもっともですな」

真中は納得した。

「そなたと剣を交えた辛島の技量はどの程度であった」

改めて外記は問いかけた。

「道場破りに現れた時は、野犬のような、血に飢えた獣のような、孤高の剣客のような、そんな剣でした」

「一匹狼であったのだな」

「俗な言い方をすれば、そんな感じを抱きましたな」

「辛島は今回、徒党を組んでおる。いや、配下を従えておる」

「道場破りの時の辛島とは違う剣を使うかもしれませぬ」

真中の推察に、

「そうかもしれぬな」

外記は顎を掻いた。

「お頭を度々襲撃し、辛島一派は相当に念入りな準備を調えていた、ということでしょう」

「わたしの技量が丸裸にされたかもしれぬな」

外記は苦笑した。

「迂闊でした」

またしても、真中らしい生真面目さで詫びる。

「もうよい。それよりも、印旛沼に向かう。敵の只中に飛び込む。今度はこれまで以上に手強そうだ。敵を倒したなら、水野、鳥居を退陣に追い込めるかもしれぬ」

外記の見通しを受け、

「やり甲斐があります」

真中は意気込みを示した。

「うむ、その気概じゃ」

外記は言った。

七

十六日、お勢と一八は印旛沼狒々講に加わり、旅に出た。千葉街道、房総往還道を通り、その日の内に検見川村に到着した。明朝出立すれば、昼過ぎには沼津藩の持場、すなわち印旛沼狒々が出現した貯水池まで行くことができる。

一行は十人、裕福そうな商人ばかりである。そのせいか、宴席は賑やかであった。

検見川村に至るまでの道中もお勢と一八は一行を楽しませた。休憩で茶店に立ち寄ると、お勢が三味線を奏で、一八が奇妙な踊りを披露し、参加している者たちの間を回った。

みなが打ち解けてくれたのを善太郎は喜んだ。

検見川村の宿に草鞋を脱ぎ、風呂に入ってから宴席となった。

近々、鳥居耀蔵一行の巡検があるため、宿は鳴り物が禁止、芸者も幇間も出入りさせていなかった。

「あんたらを連れて来て良かったよ。殺風景な宴席に彩りを添えられる」

善太郎はお勢と一八に期待を寄せた。お勢も一八も俄然やる気になっている。

「幸い、好天だからね。明日の昼には印旛沼狒々が出た貯水池を見られるよ」

善太郎は星空を見上げた。海辺が近いとあって夜風に潮の香が混じっている。

「印旛沼狒々、出ますかね」

一八が問いかけると、

「昼間の内は出ないさ。夜まで待たないとね」

善太郎の答えを受け、

「夜まではどうするんです」

幸吉捜しを思いながらお勢は問い返した。

「沼津水野さまの普請所近くには盛り場があります。中々、賑わった盛り場ですのでね……お勢さんたちは……」

善太郎は奥歯に物が挟まったような物言いをした。盛り場には悪所は付き物だ。善太郎は一行を遊女屋、賭場に案内するつもりであろう。

それなら幸いだ。

「わかりました。昼の間、あたしたちは盛り場や周辺を適当に散策していますね」

お勢が返すと、

「そうしておくれ。暮れ六つ（午後六時）に盛り場の会所に来てくれればいいよ」

善太郎は言った。

宴席になった。

食膳には海産物を中心に御馳走が並んだ。各々、鯛の尾頭付きの塩焼き、鮑の蒸し物、戻り鰹の刺身とたたき、鯉の洗いが饗された。酒は上方の清酒である。

一行は裕福な者ばかりで食べ慣れた御馳走とはいえ、奢侈禁止令の折、江戸では金はあっても豪遊は憚られるとあって、旅先の気軽さと贅沢を楽しんでいる。

みな、印旛沼狒々を肴に大いに盛り上がった。お勢は三味線と小唄で盛り上げ、一八は一行の間を回ってよいしょに努めた。お勢の軽快な三味線と色香を漂わせた声音に次々と御捻りが渡された。一八が頭を低くして御捻りを受け取り着物の袖に入れてゆく。

酒が入り、宴が盛り上がったところで一八は諸肌脱ぎになった。腹には墨で印旛沼狒々の顔を描いている。猿のような顔だが巨大な牙を生やしている。錦絵ではお馴染みだ。ただ、錦絵と違って目尻が下がっていて、その分愛嬌を感じさせる。

一八は両手を伸ばし、腹を膨らませたりへこませたりしながら珍妙な踊りを始めた。印旛沼狒々の顔が滑稽に歪み、みなの爆笑を誘う。受けると一八も興に乗り、動きを激しくしてゆく。あちらこちらから御捻りが飛んでくる。

旅費を回収した上に儲かった。

一八の奮闘を横目に善太郎は立ち上がって一同を見回した。両手を打ち鳴らしてみなの注目を集める。

みなの視線が一八から善太郎に移った。

「みなさん、明日の夜、腕に覚えのあるお武家さま、辛島銀次郎さまと真中正助さまが印旛沼狒々を退治なさいますよ」

善太郎が言うと、誰からともなく歓声が上がった。腹芸を披露していた一八は取り残されたようにぽつんと佇んだ。

「明日の朝、旅立ちましておよそ三里（約十二キロ）余り先の島田村に行きます。お昼には着くでしょう。そこには沼津水野さまの普請所があります。印旛沼狒々は普請所近くを棲み処としております。宵の口、辛島さまと真中さまに従って印旛沼狒々の棲み処に行き、退治の様子を見物します」

善太郎が説明すると、

「昼に着いて、夜までどうするんだい」

参加者の一人が問いかけた。

善太郎はにこりとして、

「沼津水野さまの普請所近くには盛り場がございます。島田堀と呼ばれておりまして、中々の賑わいです。そこでお過ごし頂きます。飲み食い代に見世物見物に関しましては手前が持ちます。その他……悪所でのお足はみなさまがご負担ください」

要するに、遊女屋とか賭場は行くのは勝手だが、そこまでの面倒は見られないということだ。

みな口々に印旛沼狒々退治見物を楽しそうに語り始めた。印旛沼狒々退治で盛り上がる中、三人ばかりが白けた顔をしている。笑顔を浮かべず、冷めた表情で座っていた。

一八は彼らにお酌をしながら、

「楽しみでげすね」

と、三人に語りかけた。

「ふん、どうせいんちきに決まっているよ」

一人が言うと二人も黙ってうなずいた。

「そうですかね。正直屋さん、自信たっぷりでげすよ」

一八はお酌をしようとしたが、

「まやかしだよ」

不機嫌に男は返し、一八のお酌も受けず厠（かわや）に立った。残る二人も酒には手を付けず、憮然として座っていた。取り付く島もない三人の席から一八は離れ、

「いんちきと思うんなら、参加しなきゃいいんだよ。二十両も払ってさ」

と、ぼやいた。

やがて、宴はお開きとなった。

善太郎は座敷に残り、酒を飲み始めた。一行が飲食する間は控えていたようで、手酌でぐいぐいと飲んでいる。すかさず、一八がお酌をする。

「やれやれ」

機嫌よく善太郎が一八のお酌を受けると、お勢は三味線を弾き始めた。

お勢には三味線の音色と歌声で相手を催眠にかけ、腹の内を聞き出す技がある。

よし、このお調子者の素顔を暴き立ててやる。

「では」

お勢は撥で三味線を鳴らした。

「ああ、いいねえ。みなさんの気遣いで肩が凝ったよ。のんびりとお勢さんの三味線と歌を聞かせてもらおうかね」

善太郎が三味線に耳を傾けるとすかさず一八が肩を揉みながら、善太郎の顔をお勢の方に向けた。

お勢は軽快な音色を奏で、善太郎に微笑みかける。障子が開け放たれ、夜空に懸かる十六夜(いざよい)の月が目に鮮やかだ。

善太郎は一八にもたれかかり、お勢の三味線に合わせて鼻歌を口ずさみ出した。

善太郎が酔いしれているのを確かめると、お勢は撥を頭上高く掲げた。

次いで、さっと弦(げん)を鳴らす。

軽やかな三味線に艶と力強さが加わった。善太郎は吸い寄せられるようにお勢に見入った。

「正直屋さ〜ん……善太郎さ〜ん」

甘やかな声でお勢は呼びかけた。

「なんだい」

にこやかに善太郎は返した。

「印旛沼狒々は本当に〜いる〜のかし〜ら」

節をつけてお勢は問いかけた。

「いるよお〜」

身体を揺らしながら善太郎は答えた。一八は善太郎の身体を支える。

「本当〜」

ゆっくりと、お勢は問いを重ねる。

「もうすぐ見られるよお～」

「善太郎さんは～何が狙いなのお～」

お勢は撥を忙しく動かした。

「印旛沼狒々退治を見物してもらうんだよ～」

うつろな目となり善太郎は答えた。

「本当に印旛沼狒々はいるのお～」

もう一度、お勢は問いかけた。

お勢は撥を置き、爪弾きを始めた。音の調子を落とし、歌声を大きくする。三味線は雨だれのような音になった。

「善太郎さ～ん、正直に話してくださ～い」

三味線の音色が高くなり、お勢の歌声は鋭くなった。

善太郎は笑い出した。大きな笑い声を上げてから、

「世の中、馬鹿が多いねえ～印旛沼狒々なんかいるわけないだろ～う」

ついに善太郎は本音を吐露した。

お勢の目が輝いた。

もう一押しだ。

と、その時、

「ああ！」

耳をつんざく絶叫が聞こえた。

お勢は三味線を落としそうになり、一八は善太郎を突き飛ばしてしまった。

いけない、とお勢は撥を手に取った。

だが、善太郎は頭を左右に振って、

「いけない、酔い潰れるところだったよ」

と、催眠から目を覚ました。

お勢は再び三味線催眠を試みたが、

「大変だあ！」

という声で中断せざるを得なくなった。

「なんだい……どうしたんだい」

善太郎は立ち上がった。お勢と一八も腰を上げる。善太郎は座敷を出た。慌ててお勢は一八と一緒に善太郎に続いて縁側に出た。

「あ、あれ……」

善太郎は土蔵を指差した。

「ひええっ！」

一八が腰を抜かさんばかりの驚きを示す。月明かりに照らされた土蔵の白壁に巨大な影が映った。すかさずお勢は庭に下りた。だが、影はあっという間に消え去った。

「印旛沼狒々……」

善太郎が言ったように影は錦絵に描かれた印旛沼狒々の輪郭を表していた。猿のような顔、巨大な牙、十六尺もの巨体……。

印旛沼狒々が出現したのか。

そんなはずはない。

お勢の三味線催眠にかかり、善太郎は印旛沼狒々はいんちきだと告白したではないか。あと少しで印旛沼狒々の正体がわかるところだったのだ。

すると、

「正直屋さん、大変だよ」

と、講の参加者が駆け込んで来た。

「印旛沼狒々が出たんだろう」

善太郎が確かめると、

「印旛沼狒々に……い、印旛沼狒々に……こ、こ、殺され……」

舌がもつれて男がはっきりと答えられないでいると、宿の番頭がやって来て印旛沼狒々講のお客さまが風呂で亡くなっている、と言った。善太郎は顔を強張らせ両目を大きく見開いた。

「行くよ」

お勢は一八を伴って風呂場に向かった。

庭の一角に湯殿があった。

お勢と一八に続いて善太郎もやって来た。番頭によると、偶々宿泊していた医者が遺体を検死しているそうだ。

程なくして医者が出て来た。

善太郎が医者に話を聞く。

「お三方ですが、無残なお姿となって果てられました」

三人は顔や胸を切り裂かれたそうだ。

「刃物で滅多斬りにされたのですか」

声を潜め、お勢は問いかけた。

「それがわからぬ……刃物ではないようだ。巨大な爪で引き裂かれたような……」

医師は怯(おび)えながら答えた。

すると番頭が、

「湯殿で何か光ったような」

と、遠慮がちに証言した。

善太郎が興奮気味に述べ立てた。

「そ、それは……光ったっていうのは雷じゃないのかい。きっとそうだよ。ねえ、お勢さん、印旛沼狒々を見たものね。印旛沼狒々が雷を落としたんだよ。ほら、三人組は印旛沼狒々のことを馬鹿にしていたからね。印旛沼狒々が現れて爪で殺したんだよ」

善太郎は印旛沼狒々の仕業、と騒ぎ始めた。番頭は恐怖におののいた。

一八が、

「印旛沼狒々の牙がでかいようでげすけど、爪も大きいんですかね」

と、善太郎に疑問を投げかけた。

「印旛沼狒々はね、十六尺もあるんだよ。爪だって大きいいさ」

事もなげに善太郎は答えた。

「三人組っていうと」

お勢は首を傾げた。

それには答えず善太郎は湯殿に入っていった。お勢と一八も続く。

脱衣所に三人の亡骸が横たえられていた。下半身は手拭で覆われていた。お勢も一八も顔をそむけた。医者が言ったように三人とも顔面や胸が無残に切り裂かれ、面相がわからない。

善太郎に素性を確かめると、詳しくは知らないが薬の行商人を名乗っていたそうだ。

「ああ、陰気な三人だ」

一八が言った。

「陰気ってどういうことよ」

お勢が問うと、

「ほとんど飲んでいらっしゃらなかったでげすよ。やつがれがお酌してもちょっと口をつけるだけでね、いくら話しかけても乗ってこなくて」

「三人ともかい」

お勢は念押しをした。

「お三方ともでげしたね。それで、よく、席を立っていらっしゃいましたね。厠が近いんだってお三方ともおっしゃってましたけどね」

一八の証言に善太郎は関心を向けず、

「ともかく、身内に報せないといけないね。急な病で亡くなったとしか報せられないけど……」

善太郎は呟くように言った。

翌朝、印旛沼狒々講の一行は検見川村を旅立ち、予定通り昼には島田村に到着した。行商人三人が不慮（ふりょ）の死を遂げたとあって旅の途上は言葉少なであったが、盛り場の島田堀に至った。

四方に堀が巡った一帯である。一町（約百九メートル）四方を板塀が囲み、東西南北に釣り橋が設けられている。

一行は旅を楽しみ始めた。

お勢と一八はひとまず講の一行とは離れ、沼津藩の持場に向かった。途中、行き交う者たちに幸吉の似顔絵を見せたが、手がかりは得られなかった。

「こりゃすげえでげすよ」

一八は驚きの表情を浮かべた。

普請所は仮設とは言え、巨大な屋敷であった。竹矢来（たけやらい）が周囲を巡り、敷地は一万坪を超えているだろう。何も沼津藩に限ったことではない。手伝い普請を行っている五つの藩の普請所は各々、沼津藩と変わらない体裁をとっている。それほどに人夫を大勢雇っているのだ。

幕府は普請所内での飲酒、賭博などを禁じているが、普請所から少し離れた一帯は島田堀のように盛り場を形成している。

印旛沼狒々を見物する前に、お勢と一八は定吉の父、幸吉を捜すべく、普請所に入ろうとしたが、門番に拒まれた。お勢は門番に幸吉の似顔絵を見せた。門番は幸吉を覚えていたが、とっくに普請所を去ったと答え、それからの行方は知らない、と言い添えた。

二人は島田堀に入った。

食べ物屋、見世物小屋などを覗きながら似顔絵を示し、尋ね回る。しかし、そう都合よく捜し当てられるものではない。

「こりゃ、やっぱり見つかりそうもないでげすよ」

早くも一八は諦(あきら)め顔である。

「ちょいと、いくら何でも諦めるのは早過ぎるよ」

お勢は一八を責めた。

「でもですよ、皆目見当もつかない、ほんと、雲を摑むようだっていうのはこのことでげすよ」

一八は盛り場を見回した。

ふと、夕風にお汁粉の匂いが運ばれ、お勢の鼻孔をくすぐった。一八の腹もぐうと鳴った。

「おっとうは、大のお汁粉好きだったんだ」

定吉の言葉がお勢の脳裏に蘇る。大工のくせして甘い物好きだって、仲間からからかわれていたそうだ。下戸だった幸吉は、楽しみはお汁粉や饅頭を食べることだった。

仕事帰り、仲間が居酒屋に寄るのを尻目に甘味処に立ち寄っていたそうだ。

「お汁粉、食べるよ」

お勢が誘うと、

「そうこなくちゃ」

一八はいそいそと甘味処に入った。

早速、一八はお汁粉を頼む。店内の客はまばらだ。普請所近くとあって、盛り場をうろつくのは男ばかりである。夕暮れ時、お汁粉を求めてやって来る客はそうそういないのだ。

お勢はお汁粉を運んで来た女中に声をかけた。

「ちょいと、話を聞かせて」

女中は小首を傾げた。

「この人を捜しているの。少し前まで沼津水野さまの普請所で働いていたんだけど」

お勢は似顔絵を見せた。

女中は似顔絵を見るなり、

「幸吉さんだねえ」

と、即座に幸吉だと断じた。

「知っているの」

お勢が言うと、

「ちょくちょく、いらっしゃいましたから。それで、いつも、お汁粉を三杯も食べていかれるんですよ」

おかしそうに女中は言った。

いかにも甘党の幸吉らしい。女中は似顔絵をお勢に返してから、

「幸吉さんを捜していらっしゃるんですか」

と、問いかけた。

「そうなのよ。江戸の家には戻っていないの。それで、まだこの辺りにいるのかもしれな

いって思ってやって来たの」

お勢は言った。

女中は、

「ちょっと、待ってくださいね」

と、奥に引っ込んだ。

何やら、話をしているようだ。幸吉さんという言葉が聞こえるから、幸吉の所在についてやり取りをしているようだ。

一八も手がかりが摑めそうだと、俄然やる気になった。

やがて女中が戻って来た。

「わかったの」

お勢が問いかけると、

「それが……しばらく、こっちにいるって言っていたようですよ」

女中によると、普請所の仕事は終わったが、引き続き儲かる仕事があるのだそうだ。

「どんな仕事……もちろん、大工だろうけどさ」

「幸吉さん、細工仕事が得意だそうで、その仕事みたいなんですけどね」

「印旛沼かい」

「ええ、何でも、とっても偉い先生に呼ばれたそうですよ」

女中は偉い先生とは言ったが、誰とまではわからないそうだ。

「偉い先生っていうと、学者かい」

「そうだと思うんですけどね」

女中は再び奥に引っ込もうとして、行き交う人々に視線をやった。

「あの……」

女中の視線を追うと黒の十徳を来た初老の男が通り過ぎた。男は、あちらこちらから、「先生」と呼ばれていた。

「どうしたの」

「あの人じゃないかしらね」

女中は言った。

「先生かい」

お勢が言うと、女中は、

「何度か、幸吉さんと一緒にいらっしゃったんです」

と、答えた。

「これで、決まりでげすよ」

一八は決め込んだ。

お勢は礼を言い、勘定をすませると甘味処を出た。

二人は先生を追いかけたが、人の往来が激しく何処に向かったのかわからない。

「見失ってしまいましたよ」

一八は悔しがった。

「ま、いいさ。顔と身形は覚えたから、見つけられるよ」

お勢は人混みを見つめた。

第五章　返り咲

一

真中正助は辛島銀次郎と共に印旛沼にやって来た。辛島の誘いで盛り場、島田堀に足を踏み入れる。

「印旛沼狒々、いつ退治するのですか」

真中は周囲を見回した。

「まあ、そう急くな」

余裕たっぷりに辛島は宥める。

「急いてはおらぬが、物見遊山に来たのではないのですぞ」

真中が返すと、

「夜だ。夜にならぬと、印旛沼狒々は現れぬ」

もっともらしい顔で辛島は返した。

真中はうなずき、

「印旛沼狒々の正体、いいかげん、教えてくれぬか」

と、問いかけた。

「正体も何も、身の丈十六尺の怪獣だぞ。錦絵を見たであろう」

しれっと辛島は返した。

「馬鹿なことを申すな」

人を食ったような辛島に真中は詰め寄った。

「まあ、落ち着け。今夜、正直屋善太郎が印旛沼狒々講に参加した者を連れて、印旛沼狒々の棲み処にゆく。そこに同行すればよいのだ」

辛島が言ったところで騒がしくなった。

誰言うともなく、

「妖怪がやって来たぞ」

という声が聞こえた。

「まさか、印旛沼狒々が出現したのか」

真中は周囲を見やった。

辛島は笑い、

「妖怪は妖怪でも人だ。そう、妖怪奉行、鳥居甲斐守が巡検にやって来たのだよ」

辛島に言われ、

「ああ、そうか。鳥居の巡検か。妖怪奉行どの、印旛沼普請も進捗せず、印旛沼狒々の探索もはかどらず、さぞや苛ついているだろう」

真中は肩をそびやかした。

「鳥居も水野越前も焦っておるさ。印旛沼普請に加えて上知令もうまく行っておらぬからな」

辛島も嘲笑った。

「そうだ、我々で印旛沼狒々の棲み処に先回りをしようではないか」

真中が誘うと、

「だから、焦るな、と言っただろう」

辛島は真中の肩を手でぽんぽんと叩いた。

「ふん」

真中は面白くない、と顔を歪めた。

辛島はふと思いついたように言った。

「そうだ。鳥居も誘ってやるか」

「鳥居を……」

冗談か本気か、真中は辛島を見返した。

「そうだ。面白いではないか。妖怪対怪獣の対決が見られるかもしれぬぞ」

さも妙案を思いついたとばかりに、辛島は両手を打ち鳴らした。

「鳥居が誘いに乗るものか」

憮然と真中は否定した。

「乗るさ。あいつは印旛沼狒々を捕縛しようと躍起になっておるだろうからな」

「辛島どの、何処まで本気で申されておるのかは知らぬが、鳥居は印旛沼狒々などという怪獣なんぞ実在するとは信じておらんだろう。鳥居は猜疑心(さいぎしん)が強い。自分の目で見た物しか信じまい。それに、目の前の役目にしか興味はないであろう。物の怪とか亡霊とか、あるいは神仏も信じぬ男だとわたしは思う」

「なるほど、妖怪奉行は神仏も信じぬか」

辛島は真顔になった。

「極楽、地獄があると信じておれば、蛮社の獄のような悪さはせぬ。罪もない者を陥れ、己が出世を企てるようなことなどするものか」

語る内、真中は鳥居への憤り(いきどおり)を募らせた。真中の鳥居評に賛同しつつも辛島は意外な考えを自信満々に述べ立てた。

「それだからこそ、鳥居は誘いに乗る」

「どういうことですかな」

真中は目を凝らした。

「真中氏が申されるように、鳥居は印旛沼狒々だの怪獣だのは信じておらぬだろう。しかし、役人三人が死んだのは事実だ。おそらく鳥居は彼らの死に印旛沼狒々を名乗る何物かが関係している、と考えておるはずだ。印旛沼普請を推進する自分への挑戦だと勘繰るのではないか。よって、印旛沼狒々を騙り、印旛沼普請を妨げる者たちの正体を掴み、一網打尽にしたいと、印旛沼普請巡検に事寄せて出張って来たはずだ。だから、印旛沼狒々の棲み処に案内すると持ちかければ、ほいほいついて来ると思うぞ」

辛島の推論には、真中も一理あると思い異を唱えなかった。

「鳥居のことだ。疑心暗鬼を募らせながらも、公儀の役人を殺した印旛沼狒々の正体を確かめたいはずだ。いや、確かめるだけではなく捕縛するのは町奉行の務めだ。捕縛したなら鳥居のことだ、自分に役立つように利用するだろう。印旛沼狒々が単なる不満を抱いた者たちの仕業には留めないのではないか」

辛島が見通すと、

「留めないとは……」

真中はわずかに首を傾げた。

「沼津水野家を追いつめる……役人たちは沼津水野家の普請所を巡検した後、その近くで印旛沼狒々に殺されたのだ。そこに目をつけ、沼津水野家に因縁をつけるかもしれぬ。印旛沼狒々の背後に沼津水野家あり、となる。老中水野越前守は沼津水野家に遺恨を抱いておる。印旛沼掘割普請に加えたのは意趣返しと鳥居も承知している。沼津水野家を追いつめる材料に印旛沼狒々を利用するかもしれぬ」

辛島の顔が憂いに彩られた。離れたとはいえ、禄を食んでいた主家(しゅか)を心配している風を装っているのだろうか。

「印旛沼狒々に沼津水野家を関わらせるのはいくら鳥居でも強引に過ぎるのではないか」

辛島の心配を和らげようと真中は異議を唱えたのだが、

「いかにも強引なる手法かもしれぬ。しかし、これまでの鳥居のやり口を見ろ、強引と言えるこじつけが鳥居の手法ではないか。真中氏も申した蛮社の獄などはその典型だ。火のないところに煙を立てるのが鳥居耀蔵だぞ」

却って危機感を募らせたようで辛島は語調を強めた。

真中は無言で見返す。

ひょっとして、辛島は鳥居に恨みを抱いているのかもしれない。

真中が黙り込んだため、

「あ、いや、つい、かっかしてしまったな。ま、鳥居がどんなに陰険な男であれどうでもいい。鳥居を誘ってやるぞ。面白くなりそうだからな」

辛島は表情を柔らかにした。

「任せよう」

真中は言った。

そこへ、正直屋善太郎がやって来た。

「これはこれは、旦那方、遠路遥々(はるばる)、ありがとうございます」

いつものように善太郎は能天気なほどに明朗な声音で挨拶をした。

「段取り通りか」

辛島が声をかけると、

「ちょいとした問題が起きましたがね」

珍しく、善太郎は歯切れの悪い答えをした。

「どうしたのだ」

辛島は気になったようだ。

「検見川村の宿で講に参加したお三方が印旛沼狒々に襲われたんです」

善太郎は昨夜起きた三人の死について語った。

「印旛沼狒々に殺された、だと……」

そんな馬鹿な、と真中は目をむいた。

辛島が話の続きを促す。

「宿で講のみなさんとちょいとした宴を催してお開きになった後ですがね。なんと、宿の風呂場に印旛沼狒々が現れて、三人の参加者が……その、何ですよ、雷が落ちたと思ったら、印旛沼狒々の爪で引っかかれて……そりゃもう無残な骸に成り果ててしまったんですよ。……いやあ、ほんと、びっくりしましたよ」

声を潜ませて話し始めた善太郎であったが、語るに従い声を大きくし、仕舞いには、大袈裟な身振り手振りを交えて語り終えた。

「まこと、印旛沼狒々の仕業なのか」

真中が念押しをすると、

「間違いありませんよ。真中さまもお三方の死に様を御覧になったら印旛沼狒々の仕業だって思われますって。何しろ、巨大な爪で引っかかれたんですからね」

善太郎はごくりと唾を飲み込んだ。

「そなた、印旛沼狒々を見たのか」

真中は問いを重ねた。

「見ましたとも……もっとも影でしたがね」

「影ということは、印旛沼狒々そのものを見たのではないのだな」

「ま、そうですがね。あたしばかりか、他にも見た者はおりますですよ」

むきになって善太郎は言い張った。

「講の者か」

真中はしつこく問いを重ねた。

「講って言いますかね、無理やりくっついて来た常磐津の師匠と幇間ですよ」

「その二人も印旛沼狒々を見たのだな」

真中はお勢と一八だろうと見当をつけつつ確認した。

「あたしと一緒に見ましたよ」

はっきりと善太郎は答えた。

「しかし、影なのだろう」

疑わしそうに真中は首を捻った。

「疑り深いお方ですね」

持て余すように善太郎は辛島を見た。辛島が、

「雷が光ったとなれば印旛沼狒々の仕業と考えるのが当然だな。何しろ、ここ数日、雨など降っておらなかったのだからな。雨も降らず落雷とは、印旛沼狒々の仕業としか考えられぬではないか」

辛島は冗談とも本気ともつかないように両手を広げた。

「いや、雷のような光が走ったのであって、三人は巨大な爪で引っかかれて死んだ……そうだろう」

真中は善太郎を見た。

「そ、そうでしたよ」

慌てて善太郎は答えた。

辛島はばつが悪そうに横を向いた。

「公儀の役人は印旛沼狒々が呼んだ雷に打たれて死に、昨夜の三人は雷らしき光が走ったが爪で殺されたのだ。印旛沼狒々の仕業としても、殺し方が違うのは何か訳があるのだろうか」

真中は死に様が引っかかる、と疑問を呈した。善太郎は「さあ」と首を捻っている。辛島が、

「死に様にこだわることもあるまい。印旛沼狒々の仕業には違いない。そして、我らは印旛沼狒々を退治する。それで一件落着だ」

と、快活に言った。

「そういうことですよ。さすがは辛島さま、よくおわかりで」

諸手(もろて)を上げて善太郎は賛同した。

真中は腕を組んだ。

「印旛沼狒々、あたしらのことを警戒しているのかもしれないですよ」

周囲を見回し、善太郎は言った。

「いっそのこと、これから印旛沼狒々の棲み処を襲うことはできぬか」

期待を込め、真中は問いかけた。

「そりゃ、できませんよ」

善太郎は頭を振った。

「昼の方が、退治するには都合が良いと思うがな」

賛同を求めるように真中は辛島を見た。これには辛島ではなく善太郎が答えた。

「それにですよ、講の皆さんに退治をお見せしなければいけませんからね。勝手に退治されたんじゃ、あたしが困りますよ。返金騒ぎになりますからね」

それはご勘弁を、と善太郎は媚びるように両手をこすり合わせた。

「金儲けか」

真中は唇を噛んだ。

「算盤は必要ですよ」

善太郎は胸を張った。辛島はけたけたと笑って、

「ふん、しっかりした奴だ。おまえのことだ、昨夜の講の者が死んだことも読売のネタにするのだろうな」

「あたしは、正直、正確、正道を信条としておりますのでね。真実を伝えるのが務めでございます」

堂々と善太郎は言い立てた。

「ふん、いい気なものだな」

真中は横を向いた。

「さて、女郎屋でも冷やかすか」

辛島は言うと真中を誘った。

「わたしは、行かぬ。お一人でどうぞ」

真中は断った。

二

巡検中の鳥居が島田堀にやって来て、島田堀の真ん中にある茶店で一休みをした。もちろん、周囲を南町奉行所の与力、同心に守らせていた。辛島は飄々（ひょうひょう）とした所作で茶店に近づき、鳥居に向かって右手を上げた。

鳥居はうなずくと、腰を上げ茶店の裏手に出た。従おうとする与力、同心を遠ざけ、辛島と密談に及ぶ。

「今夜、決着をつけますぞ」

辛島は言った。

「菅沼外記一派を成敗するのだな」

無表情で鳥居は問い直した。

「いかにも。それだけではありませぬ。印旛沼狒々も退治します」

「印旛沼狒々じゃと。そんな化け物が実際におると申すか」

鳥居は苦笑した。

「鳥居さまも見物にいらしてください。公儀の役人三人が雷に打たれて死んだ一件、未だ下手人は挙がっておりませぬでしょう」

鳥居の目が暗く淀んだ。

「そうか、印旛沼狒々の正体がわかるのじゃな。それは面白い」

「ならば、印旛沼狒々退治、見物をなさいますな」

改めて辛島が誘うと、

「馬鹿々々しいが、行ってやるか」

恩着せがましく鳥居は受け入れた。

「是非にも」

辛島は軽く頭を下げた。

「ともかく、印旛沼狒々の正体を暴くということじゃな。印旛沼狒々を騙って印旛沼普請を邪魔だてする不逞の輩を炙り出すということだな」

あくまで現実的な言葉に留めた鳥居だが、その表情は何かを企んだように喜びに溢れている。

「約束の金子、間違いないですな」

辛島は念を押した。

「武士に二言はなし、じゃ」

「ところで、鳥居さま。正直屋が催した印旛沼狒々講、こちらに旅をする間に死人が出たそうですぞ。検見川村の宿に印旛沼狒々が出て、爪で引っかかれて三人が死んだとか」

鳥居は目を凝らし、

「まさか、印旛沼狒々が実在するなどと申すのではあるまいな」

「印旛沼狒々の仕業というのは怪しいですが、死んだ三人も怪しげであったそうですぞ」

辛島は思わせぶりな笑みを浮かべた。

「何が言いたい。はっきり申せ」

鳥居はむっとして返した。

「三人、怪しげなだけではなく、やたらとこそこそとしておって、宴席ではやたらと厠に立った、とか」

「それがどうした」

「薬の行商人ということでしたが、あまり薬種についての知識もなかったそうです。その三人、鳥居さまの配下の者でありましたな」

辛島の推量を、

「ま、よいではないか」

横を向いて鳥居は惚(とぼ)けた。

「やはり、隠密同心ですか」

辛島は薄笑いを浮かべた。

鳥居は黙り込んだ。

「それはよしとしときます」

辛島は、それ以上は追及しなかった。

「許せ」

鳥居は詫びた。

「これは、妖怪奉行さま、意外にも素直なことですな」

辛島がからかうと、

「いい加減にしろ」

辛島を睨み、鳥居は不快感を示した。

「言い過ぎました」

辛島は肩をそびやかした。

真中は島田堀の隅でお勢と一八に会った。

「善太郎から聞いたのだが、検見川村の宿に印旛沼狒々が現れたのですか」

真中の問いかけに、

「そうなのよ」

お勢が答えると、

「そりゃもう、びっくりでげすよ」

一八は大袈裟に身体を反り返らせた。

「講に参加した三人の行商人が巨大な爪で引っかかれて命を落とした、とか。雷のような光も走ったそうですな」

真中が確かめると、お勢がかいつまんで三人の死に様を話した。

「お勢さんと一八は正直屋善太郎と共に印旛沼狒々の影を見たのですか」

真中が確かめると、

「ありゃ、馬鹿でかかったでげすよ」

一八は錦絵のように身の丈が十六尺はあると、大きな声で言い立てた。

「見間違いではないのか」

真中の問いに、

「いや、ありゃ、どう見たって本物の印旛沼狒々でげすよ」

「おまえ、本物を見たことがあるのか」

「ありませんよ」

一八は手を左右に振った。

「それなら、本物の印旛沼狒々とは言えないではないか」

真中に追及され、

「でも、大きな爪に引っかかれて三人が死んだんでげすよ」

一八はむきになった。

真中はお勢を見た。

「確かに、印旛沼狒々のような怪獣の爪に引っかかれたような死に様だったね」

お勢が答えると、

「ね、印旛沼狒々でげしょう」

一八は誇らしそうに言った。

「ふ〜む」

真中は首を傾げた。

「今夜、どうなるかね……真中さん、印旛沼狒々を退治するんだろう」

お勢の問いかけに、

「善太郎が何を企んでおるのかわかりませぬが、印旛沼狒々の正体を暴き立ててやります」

真中は気合を入れた。

外記も大森豊斎と共に島田堀にやって来た。

「さて、ここまで来たのですから、印旛沼狒々の正体を明かしてくだされ」

外記は頼んだ。

「そうですな」

勿体をつけるように豊斎は焦らした。

「また、お預けですか」

「外記どのは見当をつけておられるでしょう」

豊斎に言われ、

「見当くらいは……」

「ならば、その推察をお聞かせくだされ」

豊斎の頼みに、

「エレキテルですな」

外記は言った。

「さすがは外記どの」

豊斎はうなずいた。

エレキテルとは安永五年（一七七六）平賀源内が修繕した電気を起こす道具である。木箱の中にガラスの円筒を設置し、箱の外に付けた取っ手を回すと金箔との摩擦で静電気が発生する。発生した静電気を蓄電器に溜め、溜めた静電気を銅線に導いて外部に出して放電する、という仕組みだ。

豊斎は続けた。

「蘭学書によると、落雷は電気と同じだ。印旛沼狒々を騙る者は、エレキテルによって雷を起こしたのだろう」

「エレキテルはそんなにも強力な電気を発生させられるのですか」

外記は疑問を投げかけた。

平賀源内は長崎で破損したエレキテルを手に入れ、修繕した。用途としては見世物であった。治療にも使ったとされているが、どのような病に使用したのかは不明だ。

「平賀源内が復元したエレキテルよりも大きなもの、それも複数使えば落雷並みの電気を起こせる」

豊斎は断じた。

三

外記と別れ、大森豊斎は鳥居耀蔵を訪ねた。

島田堀の真ん中に設けられた会所で鳥居は鷹揚(おうよう)に豊斎を迎えた。

「豊斎先生、印旛沼に来ましたぞ。普請についてあれこれと助言をくだされ……それと、印旛沼狒々について、先生のお考えも聞きたいですな」

鳥居の求めに、

「普請現場を見回り、気づいた点を書面に致しましょう。印旛沼狒々の正体も明らかにしましょう。今宵、印旛沼狒々の棲み処へ行ってみます」

豊斎は言った。

「ほう、棲み処ですか。豊斎先生を疑うわけではないが、印旛沼狒々の棲み処などあるのか。幽霊屋敷ではあるまいに」

鳥居は薄笑いを浮かべた。

「お信じになる、ならぬは勝手であるが、そこに行けば、真実は明らかとなりますぞ」

誘いかけるような豊斎の言葉に、

「なるほどのう」

鳥居は曖昧に言葉を濁した。

「ひょっとして、恐れておられるか」

豊斎はにやりとした。

「わしが印旛沼狒々を恐れるじゃと」

途端に鳥居は気色ばんだ。

「これは失礼致した。老中首座水野越前守の右腕たる鳥居甲斐守が凶悪なる印旛沼狒々に怖気づくはずがござらぬものな」

豊斎は言った。

「当たり前じゃ」

鳥居はうなずいた。

「それと、釣り天井に加担した大工ども、捕縛しておりますぞ」

豊斎はにんまりとした。

「それは上々。して、その大工ども、ちゃんと証言をするのであろうな」

両目を輝かせながら鳥居は問いかけた。

「それには……」

金次第だ、と豊斎は言った。

「多少の金子はやってもよい。なにしろ、その者どもにも危ない橋を渡らせるのだからな」

「それがよかろうと存じますぞ」

豊斎は鷹揚にうなずいた。

「土井さま、わしに近づいてきた」

鳥居は土井利位から句会の誘いがきたことを話した。

「ほう、土井さまが……」

これは豊斎も意外なようだ。

「土井さまは、ご自分の立場の危うさを自覚し、気弱になっている証であるな」

鳥居は満足そうだ。

「鳥居どの、今こそが押し時ですぞ。弱気になっておる敵は嵩にかかって攻めるべきです」

「承知しておる」

「ならば、後ほど」

豊斎は立ち去った。

豊斎と入れ替わるようにして沼津藩の神谷宗太郎がやって来た。

「お役目、ご苦労でござる」

神谷は慇懃に頭を下げた。

「これは、神谷どの、印旛沼普請、まことにご苦労の連続と存じますが、普請が無事に成就することを願っております」

鳥居は挨拶をした。

「懸命に行います」

神谷は言った。

それから、

「江戸では、印旛沼狒々の話で持ち切りですが、鳥居どの、印旛沼狒々を騙る者による殺し、探索が進みましたか」

神谷の問いかけに、

「南町の沽券にかけて下手人を挙げますぞ。そのためにやって来たのですからな」

「それは頼もしい」

神谷はうなずいた。

「怪獣なんぞに翻弄されてなるものか、ですな。まあ、今夜中に印旛沼狒々なる怪獣を騙る不逞の輩を一網打尽にしてみせます」

自信満々に鳥居は言った。

「是非ともお願いします……お亡くなりになったお三方、当家の普請所を巡検した後に亡くなったのですからな。当家としましても、多少の責任を感じておったところです」

神谷が言うと鳥居は暗く淀んだ目をした。

それを見て、

「鳥居どの、当家からも人数を出しましょうか。印旛沼狒々なる悪党を捕縛するには、人数を揃えておいた方がいいと存ずるが」

神谷は媚びるような目をした。

「そうですな」

鳥居は思案をした。

「足手まといになるとお考えか」

不安そうに神谷は質した。

「いや、そんなことは断じて思っておりませぬ。そうですな。では、お言葉に甘えてご助勢を頂きましょうかな」

鳥居は受け入れた。

「承知した」

神谷は一礼した。

神谷が去ってから、

「飛んで火に入る夏の虫だな」

鳥居は喜んだ。

沼津藩の者が印旛沼狒々退治の現場に来たら、奴らを印旛沼狒々の仲間に仕立ててやる。それを向こうから願い出るとは、あいつらは阿呆だ。

「馬鹿め」

土井といい沼津水野といい、自分にすり寄ってくるとは、

「いい気なもんじゃ」

鳥居は勝利を確信した。

「さて、今夜じゃな」

鳥居は空を見上げた。

四

暮れ六つを過ぎ、善太郎は講の参加者を連れて印旛沼の近くにある森へと入って行った。お勢と一八も一緒だ。

鬱蒼と木々が生え、枝が四方に伸びている、いかにも怪しげな、物の怪が棲みついていそうな森である。

「さあ、いつでも出て来い」

と、強がる者もいるが、来たことを後悔する者も出始めた。

「何処ですよ」

一八は恐怖心と好奇心の狭間に立って問いかけた。

「もうすぐです」

楽しむかのように善太郎は答える。

「何、びびっているのよ」

お勢が一八をからかう。

やがて、古びた祠が現れた。

「あれでげすか」

一八が指差した。

それには答えず、善太郎はみなに向かって、

「さあ、お待たせしました。あの祠の中に勇者二人がおられます」

と、叫んだ。

祠の中には真中と辛島が控えていた。

二人とも額に鉢金を施し、襷掛けをしている。着物の中には鎖帷子（くさりかたびら）を着込んでいた。

「芝居がかり過ぎではないのか」

付き合い切れない、と真中は言った。

「これも一興ではないか」

辛島は満更でもない様子である。

「こんな田舎芝居の片棒を担ぎに来たわけではない」

真中は吐き捨てた。

「そう言わず、もう少しの辛抱じゃ」

辛島は宥めた。

外記も豊斎に連れられ、善太郎が講の参加者を連れて入った森の入り口にやって来た。

「エレキテルを操る者が印旛沼狒々を企んだ者ですな」

外記は確かめた。

「その通りであろう」

豊斎は言った。

「その企みを行ったのは……」

外記はまじまじと豊斎を見据えた。

「いかにも、わしじゃ」

豊斎は、最早隠し立てはしないようだ。

「では、何故そのような企みをしたのかお聞かせくだされ」

外記は目を凝らした。

「さて、どうしてかな。凄腕の御庭番菅沼外記なら推量ができるのではないか。推量に当たって、確かめたいことがあれば聞いても構わぬ」

挑発するように豊斎は腕を組んだ。

外記は思案を巡らしつつ考えを展開した。

「豊斎どのは水野越前の改革の手助けをしておる。鳥居は町役人を集めて地子銭の徴収を行う、と申し渡したそうだ。それは、豊斎どのの献策であろう」

「いかにも」

豊斎は認めた。

「鳥居が地子銭取り立てに動いたのは単独ではあり得ない。水野の指図によるものだろう。しかし、東照大権現(とうしょうだいごんげん)さま以来、公儀は江戸の町人にも天領の領民にも地子銭をかけてこなかった。その倣(なら)いをいくら水野とて破ることはできまい。よって、地子銭は税として公儀の台所に納められるのではない。とすれば、使い道は何だ……印旛沼普請は手伝い普請だから、公儀の腹は痛まない。とすれば、上知令のために使うのだな。となると、さて……」

それ以上は外記にはわからない。

おもむろに豊斎は説明を始めた。

「貸金会所だ。上知令が進まぬのは上知令の対象となった大名、旗本が領知替えに費やす金を工面できないのが大きい。しかし、公儀も大名、旗本に金を貸す余裕はない。そこで、地子銭を取り立て、貸金会所を設ける。大名、旗本に貸し付け、その利子を公儀と地子銭を取り立てられた町人、農民で分ける、という献策をしたのだ」

「なるほど妙案ですな。水野が飛びつく訳だ。すると、豊斎先生は水野の改革に賛同しておられるのか……しかし、一方で印旛沼普請にケチを付けるような印旛沼狒々などという怪獣を出現させた……」

相反する豊斎の行動が外記には理解できない。苦慮する外記を楽しむかのように豊斎は笑みを浮かべた。

「その問いかけに答える前に、面白い話を聞かせてやろう」

豊斎は勿体をつけるように口を閉ざした。

外記は黙って話の続きを待った。

「貸金会所の他にわしは蝦夷地開拓を水野に献策した。広大な蝦夷地を開拓、新田と鉱山の開発を行うよう勧めたのじゃ。蝦夷地開拓に当たって松前藩と古河藩の領知替えも提案した」

「土井大炊頭さまを蝦夷地に転封するというのか」

「雪の殿さまに思う存分雪の研究をして頂くことを、水野は大いに喜んだぞ」

豊斎は呵々大笑(かかたいしょう)した。

「土井さまを失脚させる陰謀とは、蝦夷地への転封であったのだな」

外記は歯ぎしりした。

次いで、

「しかし、そんな大それた転封、土井さまが受けなければならない理由はない」

外記は豊斎に問いかけた。

「宇都宮城釣り天井事件の再現じゃな」

豊斎は鳥居に宇都宮城釣り天井事件の再現を鳥居に提案したことを語った。

「なんと、そんな絵空事を鳥居は受け入れたのか」

呆れるように外記は豊斎を見返した。

「絵空事ゆえ、鳥居は乗り気になったのだ。鳥居は根っからの陰謀好き。策士、策に溺れると申すが、鳥居の場合は策に溺れようが策を弄したい、という男であるからな」

豊斎の言葉は言い得て妙であった。

「しかし、土井さまが古河城に釣り天井を造作していた、とはいかにして明らかとするのだ。煙のないところに火事を起こすのが鳥居とはいえ、老中を失脚させるのに、釣り天井を造作していた、などという全くの絵空事を元に弾劾などはできまいし、いくら鳥居でもそんな無理は通らないと思うだろう。鳥居は異常な男であるが、常軌を逸してはおらぬとわたしは思うのだが」

思案をしながら外記は問い返した。

「証人だ。証人がおればいくら絵空事の企てと申しても、罪状を申し立てられるのだ」

「証人なんぞおるのか……もちろん、仕立てるのであろうが……その証人というのは」

「何者だと思う」

豊斎はにんまりとした。

「証人……もっともふさわしいのは、土井家の者であるが、まさか、土井家の家臣がそんな証言をするはずはない。すると……そうか、釣り天井を造作したとされる者、そう、大工であるな」

外記の推察に、

「その通りじゃ」

豊斎は言った。

「その大工を鳥居は捕縛したのか」

「いかにも」

「まことか……」

お勢が言っていた行方不明の大工のことが思い出される。その大工は細工物が得意であったはずだ。沼津藩の普請所内の芝居の舞台造りに携わったとか。

「その証人となる大工、沼津水野家の普請所で働いておった大工が含まれておるのではないのか」

外記が問うと、

「おお、まさしく沼津水野家の普請所で働いておった大工どもじゃ」

豊斎は認めた。

「そうか、沼津水野家の普請所で働いておった大工どもを釣り天井の造作に携わった、と仕立てることで鳥居は沼津水野家と土井家、双方を陥れるつもりなのだな」

「その通りだ、と言いたいところだが、それは鳥居への買い被りと申すものだ。鳥居はそこまでは考えを及ぼしてはおらぬ」

「では……」

「わしだ。わしが土井家を陥れる絵を描いてやったのじゃ。陰謀好きの鳥居はうまうまと乗りおった」

誇らしそうに豊斎は胸を張った。

「豊斎先生が沼津水野家の普請所で働いておった大工を釣り天井の陰謀に加担した、と仕立てるとは、沼津水野家に恨みでもあるのですかな」

外記は訝しんだ。

「わしは特定の大名家に忠義を尽くすものではない。しかし、その都度雇われた大名家には忠義を尽くすのだ」

豊斎は言った。

「それは……」

外記の胸に大いなる暗雲が横たわった。

「そうじゃ。わしは、沼津水野家に雇われておる」

豊斎は打ち明けた。

「沼津水野家の台所建て直しを依頼されたのですな」

「その通り」

「では、何故、水野の改革に加担するのだ」

「菅沼外記、その辺のところ、よおく考えてみよ。いや、考えるまでもない。そなたなら見当がつこう」

豊斎は腕を組んだ。

「水野越前を追い落とすためか」

「その通り。沼津水野家の台所事情を建て直すのに最も有効なことは、財政が傾いた原因を根本から排除することじゃ。財政が傾いた最大の原因は、ずばり水野越前である」

高らかな声で豊斎は言った。

なるほど、その通りである。水野忠邦が老中首座である限り、沼津藩は過酷な手伝い普請をさせられる。更には、転封の憂き目に遭うかもしれない。

「経世家大森豊斎としては水野越前を幕閣から追い出すことが役目となった次第じゃ」

豊斎は言い添えた。

「ごもっともな理屈ですな。しかし、それで上知令を成功させ、蝦夷地開拓などという途方もない策まで献じたのですかな」

「貸金会所、蝦夷地開拓……これは、そもそも田沼主殿頭（とのものかみ）の策であった」

「田沼意次の……」

「田沼は公儀の台所を潤すために、商人に株仲間を作らせ、商いを独占させる代わりに運上金を課した。しかし、水野越前は株仲間こそが諸物価高騰の元凶だと見なし、株仲間を解散させた。しかし、見当外れもいいとこで物価高は解消しておらぬ。それはともかく、わしが水野に提案した蝦夷地開拓は田沼意次が作成した案なのだ」

「どうして、田沼の策を使ったのですかな」

外記は首を傾げた。

「沼津水野家は田沼を支援しておった。水野忠成公の政を風刺する『水野出て元の田沼になりにけり』の如（ごと）くじゃ。そして、田沼を追い落とした松平定信を水野越前は尊敬しておる。面白い因果だとわしは思ったのじゃ」

豊斎はこの因果を面白がった。これを使おうと考えた。水野忠邦が恨みに思った沼津藩主水野忠成は田沼意次を模範としていた。このため、松平定信失脚後、定信が推進した寛政の改革の質素倹約、奢侈禁止を覆す政策を行ったのだ。

それを水野は良しとせずに定信の政を模範とした政策を行ったのである。

「水野め、まんまと引っかかりおって」

愉快そうに豊斎は笑った。

「貸金会所は成功するとは思わぬのかな」

「成功するはずがない。貸金会所も蝦夷地開拓も田沼は失敗した。そして、印旛沼普請もな。水野は忌み嫌う田沼のような商い重視の政を行い、自ら墓穴を掘るのだ。印旛沼普請は挫折、貸金会所どころか、地子銭取り立ては大いなる反発を受ける。上知令も頓挫じゃ。そうなれば、水野は責めを負って老中を辞さねばなるまい」

豊斎の考えに外記も首を縦に振った。

「いかにも、豊斎先生の描いた絵図通りに事が運べばそうなりましょうな」

「なるに決まっておる。ところで、そなた、沼津水野家に仕える気はないか」

不意に豊斎は誘った。

「何故、そのようなことを」

「そなた、土方縫殿助どのにその手腕を買われておったな」

「はっきり申せば、いいように使われておったのですがな」

外記は苦笑した。

「それだけ、信頼が厚かったのだ。それゆえ、土方どのは沼津水野家の忍び組である沼津党を解散した。しかし、それは御家の力を衰えさせることになった。実際、水野越前の策謀を察知できなかった。それゆえ、沼津水野家では沼津党の復興が叫ばれておる」

「神谷どのが中心となっておられるのか」

「いかにも。そして……」

「辛島銀次郎が束ねるのだな」

「その通り。わしは、辛島と神谷に菅沼外記を招いてはどうだ、と提案した。しかし、辛島は承知しなかった。ならば、辛島と神谷に菅沼外記を試してはどうだ、とわしは献策したのじゃ」

「辛島は豊斎先生の提案に乗ってわたしを試しはしたが、それは沼津党に迎えるためではなく、わたしの技量を確かめて、ここ印旛沼で仕留めるつもりなのだろう」

外記の推量を豊斎は否定しなかった。

「やはり、余所者は受け入れられぬということのようだ」

「さもありなんだな」

外記は肩をそびやかした。

「どうじゃ、わしからきつく口添えをしてやる。沼津党に加わらぬか」

再度、豊斎は誘った。

「断る」

外記は首を左右に振った。

「それは残念じゃな。しかし、そうなると、貴殿の命はないぞ。それは惜しい。わしは、命を救われたゆえ、そなたを死なすのには抵抗がある」

「わたしの家で焼かれそうになったのは、どういうわけでござる」

外記は疑問を投げかけた。

「あれは、偶々であった。わしがそなたの自宅を訪ねたことを辛島は知らなかったのじゃ。と言うより、わたしも訪ねる気はなかったのだが、観生寺に美佐江どのを訪ねた際にそなたを見かけた。それで、つい、話をしたくなったのだ」

「お陰で、焼け死ぬところでしたぞ」

「その心配はなかった。菅沼外記なら、抜かりはないと信じておった」

豊斎に持ち上げられ、

「買い被りですな」

外記は笑みを深めた。

「ともかく、沼津党に加わることを勧めるぞ」

鷹揚に豊斎は言った。

「わたしは、闇御庭番、正規の御庭番ではないが、お仕えするのは将軍徳川家慶公である。そして、御庭番の意地、矜持は失っておらぬ。二君にまみえず、だ」

きっぱりと外記は豊斎の誘いを断った。

「意外にも菅沼外記は忠臣ということであったか」

楽しそうに豊斎は笑った。

「ご期待に沿えぬが、勘弁願いたい」

「いや、構わぬ。それより、辛島銀次郎は必ずそなたを狙う、用心の上にも用心をなされよ」

豊斎の忠告を受け、外記は軽く頭を下げた。

「いかがする。共に印旛沼狒々の棲み処へ参るか」

豊斎は森の中を見た。

「その前に確かめたいことがござる」

外記の申し出に、

「よかろう」

豊斎は余裕たっぷりに応じた。

「正直屋善太郎は沼津党と繋がりがあるのかな」

外記の問いかけに、

「善太郎は沼津党の隠密の血筋じゃ。親父共々沼津党に属しておった。二十年前、沼津党が解散となって親子は沼津水野家を離れた。離れるに際して渡された金子を元に読売屋を開いたのだ。隠密ゆえ様々な噂話を仕込むには長けておったのでな、読売屋は適職かもしれぬな」

「今回の企てにも加担しておりますな」

そうだというように、豊斎は小さくうなずいた。

「沼津党復興、水野越前への復讐のために一致して立ち上がった、ということか。ならば、三人の役人を殺したのはいかなる訳かな」

外記は眦を決した。

「印旛沼普請が難航しておることを世に広く知らしめる目的と共に、企てが発覚しそうになったからだ」

釣り天井事件をでっち上げるべく、神谷と辛島が普請所で働いていたこれと見込んだ大工たちを捕まえ、普請所から拉致した。その現場を巡検中の三人に見つかったそうだ。

「口封じか」

外記は批難するように言い返した。

「不運であったのだが、こちらにとっては幸いだ。印旛沼狒々を試すことができたのだからな」

開き直ったのか、豊斎は堂々と言い放った。

「人の命を虫けらほどにも思っておらぬのだな」

猛然と沸き上がる怒りを押し殺しながら外記は言った。

「大事の前の小事だ」

憮然と豊斎は言い放った。

「人の命が小事だと申すのか」

つい、語調が強くなってしまった。

「菅沼外記……そなたとて水野、鳥居に政から手を引いてもらいたいと思っておろう。そのために闇御庭番を続けておるのではないか。それにな、殺された三人は水野、鳥居の手先なのだぞ」

豊斎の己が正しさは微塵も揺るがない。

「なるほど、確かに三人は幕吏、水野、鳥居の命で印旛沼の普請現場を巡検しておったのだろう。だがな、彼らは何も印旛沼普請に従事する者を虐げていたわけではない。普請が安全に実施されているのか、何か困ったことはないのか、と見廻っておったのだ。いわば、自分に課せられた役目に忠実、いたって真面目に取り組んでおったのだ。決して、虫けらのように殺されていい者たちではない」

外記は強く主張した。

豊斎は薄笑いを浮かべ、

「ふん、小人の理屈であるな」

いかにも小馬鹿にしたように豊斎は言った。

「小人……そう馬鹿にしてくれて結構。わたしは、名もなき一介の無頼の徒だ。しかし、為政者という者は無名の民のために力を尽くすものだ。豊斎先生は経世家、これまでにも様々な大名家の傾いた台所を建て直してきたのだろう。先生は何のために台所を建て直すのだ」

豊斎を睨み、外記は問いかけた。

「そなたは民のためにあるべきと考えておろう。しかし、わしは大名のために行ってきたのだと言いたいのではないのか」

豊斎は言い返した。

「違う」

強く外記は否定した。

「ほう、わしが民のために大名家の台所建て直しをやってきたと褒めてくれるか」

豊斎は意外な面持ちとなった。

「それも違う」

またも、外記は否定した。

「……禅問答はやめてくれ」

豊斎は憮然とした。

「やはり、豊斎先生はわかっておられぬな。豊斎先生は経世家としての仕事を大名のためでも民のためでもない。自分のために行ってきたのだ」

外記は言った。

「自分のためじゃと……」

豊斎らしくない戸惑いを示した。

「そう、豊斎先生自身のため、自分の技量を試し、満足したいがために行ってきたのだ」

外記は説明を加えた。

豊斎はしばらく黙っていたが、

「なるほど、そなたの申す通りかもしれぬ。いや、その通りじゃ」

納得したようにうなずいた。

「今回の企てもまさしく豊斎先生ならではですな」

「そうかもしれぬ」

小さくうなずき豊斎は認めた。

五

「さあ、出て来てください」

善太郎が声をかけると祠から真中と辛島が飛び出した。

「みなさん、印旛沼狒々を退治なさる勇者のお二方です。辛島銀次郎さまと真中正助さまですぞ」

大きな声で善太郎に紹介され、真中はおもはゆくついうつむいてしまったが、辛島はそつくり返った。

講の者たちから大きな声援が沸き上がった。

「では、みなさん、お二人と共に印旛沼狒々退治に行きますよ」

善太郎が案内に立つと、講の者たちはいそいそとついて行った。

更に雑木林を奥に進む。

すると、貯水池があった。草むらの中に設けられた二間（約三・六メートル）四方の池だ。蟋蟀（こおろぎ）や鈴虫（すずむし）の鳴き声が響き渡り、池の水面には立待月（たちまちづき）が揺れている。

脇には水車小屋が建っていた。

と、水車小屋の近くの草むらで何かが光った。火花が飛び散ったようだ。

「ひえぇ！」

講の参加者から悲鳴が上がった。

続いて水車小屋の板壁に巨大な獣の影が浮かんだ。

「印旛沼狒々だ」

「お侍さま、早く退治なさってください」

講の参加者が叫び立てた。

すると、水車小屋から大勢の侍たちが出て来た。

「な、なんだ」

講の一人が言う。

「出たな、印旛沼狒々の陰謀者」

真中は侍に立ち向かおうとした。

ところが、突如として辛島が斬りかかってきた。不意をつかれ、真中は辛島の刃を避けるのが精一杯であった。

その隙に黒覆面の侍たちが印旛沼狒々講の参加者に向かって殺到した。

「お助けを」

「ご勘弁を」

口々に許しを請うた。侍たちは刃を振り翳し、講の者たちを威圧した。

講の者たちは逃げようとしたが、逃げ場がない。

「おい、早くしろ」

「逃げられないよ」

などと叫び立てながら講の者たちは貯水池に次々と落下した。

お勢と一八は木陰に潜んだ。

「おのれ、これは何の真似だ」

真中は怒りの形相で辛島に向かう。抜刀し、辛島に挑んだ。

「見てわかるだろう。講に参加した者を殺す。印旛沼狒々がな」

当然のように辛島は答えた。

「何故、罪もない者を殺すのだ」

「読売が売れるだろう」

「常軌を逸している……読売を売りたいから何人もの人間を殺すのか。信じられぬ。しかも、わざわざ印旛沼まで連れて来て、印旛沼狒々の仕業に見せかけて……随分と手の込んだというより、善太郎の神経を疑う」

真中は首を左右に振った。

「先頃、印旛沼狒々に殺された公儀の役人は三人だった。それを善太郎が十三人と尾鰭をつけて読売に書き立てた。それゆえ大いに売れたが、同業の読売屋から十三人は大袈裟だ、事実は三人だと騒がれておる。いくら読売屋でも事実を歪め過ぎだとな」

「それで、読売に真実味を持たせるために今度は大勢を殺すのか。そんなことをすれば善太郎の仕業と疑われるぞ。印旛沼狒々で誤魔化せるものか」

「揃って落雷に打たれて命を落としたとあれば、善太郎に疑いはかからぬ。間もなく鳥居が南町の役人を連れてやって来る。雷に打たれて死んだ者たちを見れば、半信半疑ながら印旛沼狒々の仕業と思うだろう。いや印旛沼狒々の仕業とは信じなくとも、善太郎が殺したとは疑うまい。事態が呑み込めず混乱する鳥居におれは言ってやる。池の周辺を沼津水野家の者が徘徊(はいかい)していた、とな。その一言で鳥居は沼津水野家への疑惑を深め、追いつめようと躍起になるだろう」

どうだと辛島は己が企みを誇った。

「沼津水野家が鳥居に追いつめられてもよいのか」

真中が懸念を示すと、

「鳥居が疑おうが、沼津水野家の仕業とは明らかにできぬ。講の者は雷で打たれて死んだのだからな。要は善太郎から疑いの目が逸(そ)れればよい。証がない以上、いかに鳥居でも譜代名門の沼津水野家を追いつめられぬ、結局のところ鳥居の勇み足となる」

返してから、

「お主は殺したくはない。仲間に入れ」

抜け抜けと辛島は誘ってきた。

「断る……仲間とは何だ」

怒りの形相で真中は問い直す。

「風魔の末裔、沼津党だ。沼津水野家に仕える忍び集団だ。仲間に加われば出世できるぞ。

水野越前は幕閣を去る。わが殿はお若いが将来は老中になる。さすれば、公儀の隠密となるのだ」

辛島は言葉に力を込めた。

「断る」

ぴしゃりと真中は言い放った。

次いで、

「雷に打たれて、と申すが印旛沼狒々に雷を落とせるのか」

と、強い口調で問責した。

「まあ、見ておれ」

辛島が言うと、またも水車小屋の近くで火花が飛び散った。

貯水池の縁に怪しげな集団が集まる。歌舞伎の黒子（くろこ）のような格好をし、奇妙な木箱を抱えている。

それを見て、

「エレキテルか」

真中は辛島を睨み返した。

「印旛沼狒々だ」

辛島は笑った。

真中は踵を返し、沼津党に向かった。沼津党は真中に気づき、刃を交える。

「早く、池から出るのだ」

真中は講の者に声をかけた。

必死で池から上がろうともがく者がいる一方で沼津党の刃に怖気づき、池の中で動こうとしない者もいる。

すると、エレキテルが作動を始めた。

木箱から雷のような光が走り、恐怖を呼び起こす。

「ひえ〜」

講の者たちは恐怖におののいた。

真中は沼津党を蹴散らそうとした。しかし、多勢に無勢、蹴散らすどころか、こちらが攻め込まれる。

池の中の者たちは悲鳴を上げる。

幸い死人は出ていない。しかも、浅瀬とあって溺れる者もいなかった。

「何をしているんだい！」

善太郎がエレキテルを動かす者たちに向かって怒鳴り上げた。

額に汗を浮かべながら男たちは箱に付けられた取っ手を回転させている。善太郎はエレキテル集団に駆け寄り、一人を押し退けた。

「こうやるんだよ」

率先してお手本を示すようにエレキテルを動かし始めた。ぴかりと光るものの、池の者たちに変化は生じない。

沼津党もエレキテルと池に落ちた者たちに視線を向けた。泡を食っていた者たちも何ごとも起きないとあって、きょとんとなって立ち尽くすばかりだ。

「そんな馬鹿な」

善太郎は焦り始めた。

「とんだ、印旛沼狒々だな」

真中は嘲笑した。

「そんなはずはないんだよ」

諦めず善太郎はエレキテルと格闘し続ける。逆上したような形相は、読売を売るためなら人殺しも厭わない狂気をはらんでいる。

善太郎同様に思惑が外れた辛島も大いに戸惑い、

「豊斎先生を呼ぶ」

と、駆け出した。

外記は豊斎と共に森を進んだ。

すると、うじゃうじゃと覆面の侍、沼津党の面々が湧いてきて外記と豊斎を囲む。

外記が身構えたところで、沼津党をかき分け辛島銀次郎がやって来た。

辛島は外記には目もくれず豊斎に駆け寄ると、

「先生、エレキテルが効果を発揮しません」

必死の形相で訴えかけた。

「そんなはずはない」

豊斎は操作の不備を言い立てたが、

「ともかく、ご指導ください」

辛島は豊斎を連れ去った。

沼津党も森の奥へ引き返した。

外記は訝しみながら奥へ向かった。

お勢と一八は水車小屋近くの繁みに入った。繁みを抜けると板葺き屋根の平屋がある。

平屋の周囲は木々が伐採されて平地になっていた。ただ、大きな一本杉は残っている。
その一本杉の横に祭で繰り出される山車(だし)があった。山車は印旛沼狒々の形になっている。紙製の張り子のようだ。

「子供騙しね」

お勢が笑うと、

「幽霊の正体見たり、でげすね」

一八も小馬鹿にしたが、こんなものに怯えていた自分を悔いもした。

「よし、燃やしちゃうよ」

言うやお勢は周囲の草を集めて山車に近づいた。一八も両手で草を持ち張り子の根元に撒(ま)き、煙草(たばこ)の葉を落とした。

次いで一八は火打袋から火打石と火口(ほくち)を取り出す。二度、三度火打石を打って火口に点火すると煙草の葉に着火させた。

お勢が着物の袖で煽ぐ。

見る見る張り子の印旛沼狒々は燃え上がった。

「こりゃ、真中さんじゃなくって、お勢姐さんとやつがれが印旛沼狒々を退治してやりましたね」

自慢げに一八は火柱と化した張り子の印旛沼狒々を見上げた。すると、平屋から複数の侍が飛び出してきた。お勢と一八は平地の隅に逃げる。

「早く、消せ……いや、もう遅いか。ふん、また造作させればよい」

頭領格の侍が吐き捨てるように言った。

お勢と一八は知る由もないが、神谷宗太郎である。侍たちに続いて平屋から町人たちがぞろぞろと出て来た。腹掛けに半纏を重ねているところを見ると大工のようだ。

お勢は懐中から幸吉の似顔絵を取り出した。一八も似顔絵を出して大工たちの中に幸吉を捜す。印旛沼狒々の炎に照らされた大工たちの中に幸吉らしき男がいた。

「一八、囮になって」

お勢が頼むと、

「合点承知之助でげすよ」

一八は手拭を捩り鉢巻きにして額に巻くと、神谷たちの方へ近づき、

「印旛沼狒々、退治しましたよ」

と、得意そうに声を放つや、くるりと背中を向け、

「悔しかったら、捕まえてみな！」

自分の尻を叩き駆け出した。

「おのれ、捕えよ！」

怒声を上げ、神谷は沼津党を率いて一八を追いかけた。

神谷たちの姿がなくなったのを見計らい、お勢は大工たちに近づいた。

「幸吉さん……定吉ちゃんの親父さんの幸吉さんね」

幸吉と思しき男に声をかける。

「そ、そうだけど……あんたは」

戸惑いながら幸吉は問い返した。

お勢は春風が描いた定吉の似顔絵と定吉の文を幸吉に渡した。

「定吉ちゃん、とっても心配していますよ。おっとうが帰って来ないって。便りもないって」

しげしげと似顔絵と文を見ていた幸吉はおやっとなり、

「ちゃんと文を出していますぜ。沼津さまに頼まれてもうしばらく印旛沼で仕事をするんだって」

幸吉は大工仲間を見た。

仲間はうなずいた。

「文は沼津さまに託したのでしょう」

お勢が確認すると、沼津藩の神谷さまに預けたと幸吉は答えた。

「神谷さまは文を握り潰しているのよ」

「どうして、そんなことを……」

「事情はわからないけど、何か悪いことに幸吉さんたちを利用するつもりよ。文を届けないのが証拠。それに印旛沼狒々なんてまやかしを造作させたのもよからぬことをしている証よ」

ともかく、すぐに逃げようと強く勧めた。

幸吉は仲間と顔を見合わせたが、

「よし、ずらかるぞ」

と、決めた。

お勢は幸吉たちを連れて森の中に入っていった。

外記は貯水池にやって来た。

真中が沼津党と刃を交えている。外記も抜刀し、真中に加勢した。

沼津党は大刀と手甲鉤を駆使し、真中と外記に迫る。

外記と真中は背中合わせとなり、殺到する敵と戦う。言葉を交わさなくとも息もぴったりに敵と刃を交えた。

外記も真中も無駄な動きはせず、敵の動きを見定める。

大刀を手にした敵が間合いを詰めてきた。

外記と真中は腰を落としたまま微動だにせず、大刀を左右に払った。

敵の指が切断され膝から頽れる。

敵は用心し、二人から間合いを空けた。二人を囲み、隙を窺っている。

外記と真中はどちらからともなく飛び出した。敵の円陣が乱れる。二人は目の前の敵に斬りかかった。

手甲鉤の二人が外記と真中に立ちはだかった。巨大な手甲鉤を振り回し、外記と真中に襲いかかる。

真中は腰を落とし、敵の脛を払った。敵はもんどり打って草むらに転がる。

外記は宙高く跳び上がり、手甲鉤を蹴飛ばした。手から離れた手甲鉤が一人の顔面を直撃した。

外記は着地と同時に群がる敵に白刃を振るう。真中も負けじと大刀で斬りかかる。

鎖骨(さこつ)や胴に峰打ちを食らい、戦闘能力を奪われた敵は呻(うめ)き声を上げ、草むらをのたうった。

その間にも豊斎と善太郎が必死の形相でエレキテルの取っ手を回転させていた。エレキテルからは火花が飛び散っているものの、雷には程遠い。

「真中、やるぞ」

共に気送術を放とうと真中を促した。

真中は首肯し、納刀すると丹田呼吸を始めた。外記も大刀を鞘に納め、口から大きく息を吸った。

精気が丹田に漲ったところで、

「でやあ！」

二人同時に右手を前方に突き出した。

夜更けにもかかわらず、巨大な陽炎が立った。水車小屋や豊斎、善太郎がいびつに歪む。

次いで、数台のエレキテルから閃光が走り、稲妻が豊斎と善太郎に落ちた。水車小屋は印旛沼狒々の爪の一撃を食らったように粉々に砕かれた。

エレキテルで発生した静電気が気送術によって強大化し、雷となったのだ。

それがわからない辛島は、

「な、何が起きたのだ」

茫然となって呟いた。

外記は気送術には言及せず、

「公儀の役人三人が死んだのはエレキテルによるものではなく、まことの雷であったのだ。あの夜、印旛沼周辺は雨が降り、雷が鳴っておった。落雷で死んだのに、大森豊斎はエレキテルの成果と誤ったのだ。昨夜、検見川村の宿で殺された三人も湯舟に入ったところを沼津党の者たちがエレキテルを使ったが、さっぱり効果がないため、手甲鉤で仕留めたのだろう」

辛島に絵解きをした。

「そんな……」

辛島は唇を噛んだ。

真中が、

「印旛沼狒々のまやかしは明らかとなった。辛島、観念しろ」

辛島は真中を見返し、

「その前におれと勝負せよ」

と、挑んだ。

「よかろう」

真中は受けて立った。

辛島は袖から手甲鉤を取り出すと左手に嵌め、右手で大刀を抜いた。

真中も静かに抜刀する。

辛島は真中との間合いを詰め、手甲鉤を振り下ろした。

真中は跳び退いた。

間髪を容れず辛島は大刀を斬り下ろした。

真中は大刀で受けた。そこへ、手甲鉤の攻撃が繰り出される。

脇差を左手で抜き、手甲鉤を防ごうとしたが、鉤の隙間に脇差は搦め捕られてしまった。

真中の手を離れた脇差は夜空を舞い、貯水池に落ちた。池に立っていた講の参加者が悲鳴を上げる。

辛島は不敵な笑みを浮かべ、真中に近づく。

真中は大刀を下段に構え直し、じっと立ち尽くした。

辛島が手甲鉤を頭上に振り上げた。

すかさず、真中は下段から大刀を斬り上げた。

「おおっ!」

絶叫と共に辛島の手首が切断された。

手甲鉤を付けたままの左手が草むらに転がる。

それでも辛島は右手の大刀で斬りかかってきた。真中は辛島の懐に飛び込み、袈裟懸けに斬り下ろした。

肩から脇を斬られた辛島は、血飛沫（ちしぶき）を上げながら仰向けに倒れた。

「見事！」

外記は真中に賞賛の言葉を送った。

真中は無言で血振りをすると大刀を鞘に納めた。

そこへ、御用提灯の灯りが近づいて来る。提灯は南町奉行所を示していた。

外記は御用提灯の群れに向かって声を放った。

「わたしは元公儀御庭番菅沼外記である。鳥居甲斐守どのに申す。貴殿が頼りとされる大森豊斎並びに辛島銀次郎は自らの悪行により身を滅ぼした。豊斎は御老中土井大炊頭さまを陥れんと謀を弄（ろう）しておった。また、公儀の役人を殺したのも豊斎と辛島だ。わたしは事の詳細を書面にし、目安箱に投書する。鳥居どの、よもや豊斎、辛島の陰謀に加担してはおられまい。ならば、早々に引き上げられよ」

御用提灯の群れが蠢（うごめ）いた。

しばしの沈黙の後、

「退け！」

闇の中で鳥居の声が聞こえ御用提灯の群れは引き上げていった。

六

印旛沼から帰った鳥居は地子銭徴収に猛反発を受け、貸金会所の設立もままならない現実を知る。

印旛沼での失策もあり、水野の信頼を失う恐怖を感じている。そこへ土井利位からまた文が届いた。もちろん、村山庵斎による偽書だ。

文には上知令反対を表明する幕閣の重職、要職、大奥の上臈（じょうろう）、更には紀州徳川家の名前が書き連ねてあった。

味方に加われとは記していないが、水野と鳥居が四面楚歌（しめんそか）にある現状を嫌という程知らしめる文面であった。

「このままでは、水野さまと共倒れじゃ……」

鳥居は突き出たおでこに汗を滲ませ、水野を裏切る決意を固めた。

神無月（かんなづき）になり、外記は相州屋重吉の扮装で観生寺を訪れた。

木々が色づくのには早いが、朝夕の肌寒い風は、秋が去り、冬の訪れを感じさせる。

先月、閏九月十三日、水野忠邦は老中を罷免された。老中土井利位が上知令の撤回を宣言し、印旛沼普請も中止された。

天保の改革は頓挫したのだ。

水野失脚を聞いた江戸の町人たちは大喜びをした。

「遠州浜松ひどいようでもろい。横に車が二年ももたぬ」

とか、

「目出度いな、嬉しいな、目出度い今度の役替えを水尽くしにして払いましょう」

などという落首が巷で流布した。

それればかりか、水野が西の丸下の屋敷を引っ越すと知った町人たちが屋敷に押しかけ、石を投げ込み、不浄門を壊す騒ぎを起こした。

権力から滑り落ちた水野忠邦は石もて追われたのである。

鳥居耀蔵は依然として南町奉行に留まっているが、かつての勢いはない。水野という後ろ盾を失い、しかも裏切りで水野を罷免に追い込んだ張本人であるのは周知の事実とあって、以前にも増して悪評ふんぷんである。

さすがの鳥居もあまりの評判の悪さを気にしてか、奢侈禁止令の取り締まりが緩まっている。

水野失脚の前に、沼津藩御用方頭取、神谷宗太郎は自刃した。難航した印旛沼普請の責任を取っての切腹というのが表向きの理由である。

木曽三川分流治水普請で大勢の犠牲者と莫大な費用を要した責任を負って自刃した平田靭負に重ね、「今平田」と神谷を誉めそやす読売もある。

読売といえば、いつの間にか印旛沼狒々の噂は聞かれなくなった。善太郎は印旛沼で溺死したとされ、正直屋が潰れて面白いネタを提供する読売屋がいなくなったせいもあるが、そもそもは江戸っ子の移り気のためだ。

お勢は日本橋芳町の甘味屋で定吉と幸吉、それに母親らしき親子がお汁粉を食べているのを見て目頭を熱くした。

本堂の手習い所を覗くと美佐江が歩み寄って来た。

大森豊斎がこの世からいなくなり、ホンファを香港に返す手蔓を失った。期待を持たせた分、ホンファに申し訳ない。

「豊斎先生、お亡くなりになったそうです」

美佐江が言った。

美佐江には、外記が豊斎の弟子を騙って文で報せた。急な病としか記さず、豊斎の行いは伏せた。

「それは、急なことですな」

横目でホンファを見た。

ホンファは子供たちと朗らかに歌を歌っている。違和感のない日本語はホンファの馴染みぶりを物語っていた。

「ホンファですが、ここで暮らしたい、と言っています」

美佐江もホンファの希望を受け入れたそうだ。

「ホンファが決めたなら、それが良いでしょう」

外記も賛同した。

すると、美佐江の顔が輝いた。

「近々、主人が解き放たれるそうです」

これも水野失脚のお陰だ。やはり、鳥居は弱気になっているようだ。

「おめでとうございます。待った甲斐がありましたな」

外記も心底から喜んだ。

建て直しのなった橋場鏡ヶ池の自宅に闇御庭番の面々が集まった。

義助が祝いの鯛を届け、宴が催された。

「みなも存じておるように、水野越前守が老中を罷免された。二年半前、わたしは水野から命を狙われ、公儀御庭番を去り、闇御庭番となった。闇御庭番となってからも、みなはついてきてくれた。改めて礼を申す」

外記はみなを見回し一礼した。

水野との暗闘の区切りがつき、安堵と共に和やかな空気が流れている。みな、思い思いの感慨に浸っていた。

「堅苦しい挨拶はこれくらいにして、今日は無礼講だ」

外記が短く挨拶を締め括ると、

「お頭、肝心のことをお話しくだされ」

庵斎が言葉を添えた。

「ああ、そうであったな」

外記はうなずき、

「村垣与三郎どのを通じて、上さまより公儀御庭番に復職せよと命じられた。御庭番に戻ると申しても、わたしが担っておったのは忍び御用、つまり、今と同じ裏方だ。よって、暮らしが一変することはない。みなもこれまで通りで構わぬ」

と、告げたものの何処か他人事のようだ。

将軍徳川家慶のはからいには感謝しているが、特別な感慨はない。水野忠邦という大きな敵がいなくなり、心の張りがなくなったせいなのかもしれない。

「おめでたい話ではありませぬか。なのに、どうしたのですか。浮かない顔で」

庵斎に指摘され、

「申したように暮らしぶりが変わるわけではないからのう……」

外記は自嘲気味な笑みを浮かべた。

すると庵斎はちらっと真中とお勢を見てから、

「いや、大きく変わりますぞ」

弾んだ声で返した。

外記が怪訝な顔をしたところで、

「ほれ、真中さん、お勢ちゃん」

庵斎は二人に声をかけた。

お勢は伏し目がちに真中を促した。真中は外記の前に座った。その斜め後ろにお勢が控える。

外記の顔が綻んだ。

「おまえたち……」

真中は両手をつき、

「お勢さんと夫婦になること、お許しください」

と、明瞭な声で頼んだ。

お勢は黙って三つ指をついた。

「そうか……うむ、よかろう。ふつつかな娘だが、よろしく頼む」

外記は頭を下げた。

思わず知らず、外記の目が潤んだ。

みなから歓声が上がった。

「公儀御庭番菅沼家の跡継ぎができましたな」

庵斎の言葉に続き、一八と義助は、

「おめでとうございます」

と、声を揃えた。

小峰春風は真中とお勢の絵を描き始めた。座敷の華やいだ雰囲気が伝わったのか、ばつが縁側に上がってうれしそうに鳴いた。

水野を裏切り南町奉行に留まったものの、鳥居耀蔵は翌弘化元年（一八四四）に南町奉行を罷免された。海防危機の折、水野忠邦が老中に復帰したのである。水野は鳥居を許さず、職務怠慢、不正を働いたとして町奉行を解任した。

しかし水野に往年の力はなく、重要な役目からは外され、鬱屈した日々を送る。気力は衰え病がちとなり、病欠が続いて翌年には再び老中を罷免された。

一方、鳥居は家禄没収、家屋敷も召し上げられて讃岐国丸亀藩にお預けとなる。江戸庶民は喝采を送り、讃岐に金毘羅で有名な金刀比羅宮があることから、「金毘羅へいやな鳥居を奉納し」と囃し立てた。

しかし、さすがは妖怪奉行、厳しい監視下の生活に順応してゆく。時の経過と共に丸亀藩の監視も緩まり、林大学頭述斎の実子という血筋と鳥居自身の学識を慕い、大勢の丸亀藩士が国学の教えを請いに訪問するようになった。鳥居は漢方にも造詣が深かったことから、自分で薬を煎じ、無償で丸亀藩の領民の治療に当たって随分と感謝される。

そんな鳥居を見たら外記や闇御庭番たち、そして江戸の町人はどう思っただろう。人間が丸くなったと見るか、罪滅ぼしをしているのだ、と評価するのだろうか。

好々爺然となって余生を送った鳥居耀蔵は節制に努め、明治維新を迎える。明治政府の恩赦で東京となった江戸に戻り、「自分の言う通りにやらなかったからこうなったのだ」と幕府崩壊を嘆いた、と伝わる。

権勢を誇った江戸で妖怪奉行は晩年を過ごし、明治六年（一八七三）七十八歳で大往生を遂げた。天保の改革が頓挫して三十年後である。

幕府崩壊と共に御庭番という役職も消滅した。菅沼外記と闇御庭番たちの消息は不明だ。ただ、外記を始め、長生きをした者たちは、かつて死闘を繰り広げた東京の何処かで鳥居耀蔵とすれ違ったかもしれない。

光文社文庫

文庫書下ろし／長編時代小説
老中成敗　闇御庭番(十)
著者　早見　俊

2022年11月20日　初版1刷発行

発行者　鈴木広和
印刷　新藤慶昌堂
製本　榎本製本

発行所　株式会社　光文社
〒112-8011　東京都文京区音羽1-16-6
電話　(03)5395-8149　編集部
8116　書籍販売部
8125　業務部

落丁本・乱丁本は業務部にご連絡くだされば、お取替えいたします。
ISBN978-4-334-79451-4　Printed in Japan

組版　萩原印刷

光文社時代小説文庫　好評既刊

死顔　鳥羽亮
剛剣馬庭　鳥羽亮
奇剣柳剛　鳥羽亮
幻剣双猿　鳥羽亮
斬鬼嗤う　鳥羽亮
斬奸一閃　鳥羽亮
あやかし飛燕　鳥羽亮
鬼面斬り　鳥羽亮
幽霊舟　鳥羽亮
姫夜叉　鳥羽亮
兄妹剣士　鳥羽亮
ふたり秘剣　鳥羽亮
居酒屋宗十郎剣風録　鳥羽亮
獄門首　鳥羽亮
よろず屋平兵衛江戸日記　鳥羽亮
姉弟仇討　鳥羽亮
斬鬼狩り　鳥羽亮

秘剣龍牙　戸部新十郎
火ノ児の剣　中路啓太
いつかの花　中島久枝
なごりの月　中島久枝
ふたたびの虹　中島久枝
ひかる風　中島久枝
それぞれの陽だまり　中島久枝
はじまりの空　中島久枝
かなたの雲　中島久枝
あしたの星　中島久枝
あたらしい朝　中島久枝
刀圭　中島要
ひやかし　中島要
晦日の月　中島要
夫婦からくり　中島要
戦国はるかなれど（上・下）　中村彰彦
忠義の果て　中村朋臣

光文社時代小説文庫　好評既刊

野望の果て　中村朋臣
御城の事件〈東日本篇〉　二階堂黎人編
御城の事件〈西日本篇〉　二階堂黎人編
薩摩スチューデント、西へ　林望
裏切老中　早見俊
隠密道中　早見俊
陰謀奉行　早見俊
唐渡り花　早見俊
心の一方　早見俊
偽の仇討　早見俊
踊る小判　早見俊
お蔭騒動　早見俊
鵺退治の宴　早見俊
夕まぐれ江戸小景　平岩弓枝監修
口入屋賢之丞、江戸を奔る　平谷美樹
正雪の埋蔵金　藤井邦夫
出入物吟味人　藤井邦夫

阿修羅の微笑　藤井邦夫
将軍家の血筋　藤井邦夫
陽炎の符牒　藤井邦夫
忍び狂乱　藤井邦夫
赤い珊瑚玉　藤井邦夫
神隠しの少女　藤井邦夫
冥府からの刺客　藤井邦夫
無惨なり　藤井邦夫
白浪五人女　藤井邦夫
無駄死に　藤井邦夫
影忍び　藤井邦夫
白い霧　藤原緋沙子
桜雨　藤原緋沙子
密命　藤原緋沙子
すみだ川　藤原緋沙子
つばめ飛ぶ　藤原緋沙子
雁の宿　藤原緋沙子